N&K

Verena Wyss
Die Untersuchungsrichterin

Roman
Nagel & Kimche

© 1994 Verlag Nagel & Kimche AG, Zürich/Frauenfeld
Umschlag von Urs Stuber unter Verwendung
eines Gemäldes von Richard Hamilton
Alle Rechte der Verbreitung, auch durch Film, Funk und
Fernsehen, fotomechanische Wiedergabe, Tonträger jeder
Art und auszugsweisen Nachdruck, sind vorbehalten.
ISBN 3-312-00196-x

1

Sie mag den steinernen Kopf über dem Eingangsportal zum Untersuchungsrichteramt, die Kappe mit den Troddeln an den Zipfeln, die großen runden Ohren, das Gesicht mit den schräg nach oben gezogenen Brauen, ein Auge aufgerissen, das andere zugekniffen. Es ist seine weit herausgestreckte breite Zunge, die es ihr angetan hat, hohnvoll. Jeden Morgen, jeden Mittag, wenn sie hinaufschaut, meint er sie. Ab und zu ist sie versucht, zurückzuwinkern, immer hält sie die Zunge im Zaum, denn sie weiß, die Rolle des weiblichen Narren ist keine gute Rolle, Hofnärrinnen hat man sich nie gehalten.
Sie hat sich gefragt, warum der Steinmetz über dem Gesimssturz keine Justitia gemeißelt hat, das Gebäude war doch immer schon das Prison. Weil es die Justitia sein müßte, die hohe Frau mit den verbundenen Augen und der Waage in der Hand, auf die sie vereidigt ist, mag sie den Narren.

Die bleischwarze Wetterwand, die in der Talenge am oberen Ende des Sees aufragt, vor dem blauen Himmel in einem schwarzen Balken endet, als hätte jemand einen schweren Vorhang vorgezogen. Sie richtet den Rückspiegel, sieht sie. Hinten im Tal hatte es geschüttet und gestürmt, Erdbrokken, Steine, Zweige, Äste mit Tannzapfen hatten die Straße bedeckt. Obwohl sie die Scheibenwischer im schnellsten Takt laufen ließ, konnte sie im strömenden Regen kaum scheinwerferweit die niedrigen Pfosten sehen; von allen Seiten fuhren Windböen daher – krampfhaft hatte sie das Steuer festgehalten, war beinah im Schritttempo gefahren.
Hier, am Ausgang des Tals, ist es hell, die Straße trocken. Noch fährt sie vorsichtig, möchte rechtzeitig Gegensteuer geben können, falls sie ein Windstoß erfaßt.
Sie ist erleichtert, das Unwetter hinten im Tal zu wissen, hofft, daß es sie bei Eschen nicht von der Seite einfängt.

So sieht ein Opfer aus.
Sie blickt in den Normspiegel an der Innentür des Garderobenschranks in ihrem Büro, ein schiefes Lächeln und in den Augen die Trauer. Sogleich setzt sie ihr Spott-

gesicht auf mit dem ansatzweisen Kräuseln der Nase, einem Zwinkern um die Augen, Lachfüßchen und den zwei Fältchen in den Wangen; ein Mundwinkel hoch, einer nach unten – doch es nützt nichts. Tränen würden jetzt helfen; in Selbstmitleid zu zerschmelzen, wie wunderbar. Zuerst brockst du dir alles selber ein, und dann ist es doch bloß eine Frage des Standorts und des Blickwinkels, was dich bedrückt und was dich zum Lachen reizt.

Das Leben ein Spektakel, das Clownsgesicht der Frau Untersuchungsrichterin, nimm's nicht so ernst, sonst gehst du unter! Wenn das Polizeiwachtmeister Sutter wüßte, der glaubt an dich.

Energisch trägt sie die Schminke auf, verreibt sie besonders sorgfältig auf der wirklich etwas großen Nase, betont die Wangen mit Rouge, zieht den braunen Lidstrich, ohne zu zittern, betupft die Augenbrauen, tuscht die Wimpern, pinselt die vollen Lippen, bürstet die kurzen rötlichblonden Locken hinten hoch, sprayt Haarlack darüber, die Duftwolke verflüchtigt sich gleich – gepflegt, wie es zu ihrem Beruf gehört, eine Schicht, die sie zwischen sich und die Außenwelt legt, etwas abgeschirmt, nicht für jedermann zum Anfassen.

Daß so ein Opfer aussieht? – doch nicht sie! Sie lächelt sich spöttisch zu.
Du denkst zuviel, Frau Untersuchungsrichterin Simone Wander. Es ist alles eine Frage der Interpretation. Je nachdem, wie du es betrachtest, könntest du den Fall Mossing vergessen: als Unfall. Du könntest den Hörer in die Hand nehmen, dich mit Dieter verabreden. Du könntest freundlich sein zu Felix und ihn mit dieser Anja Belleton zu einem Glas Wein einladen. Du hältst dich in deinem Beruf an Fakten, so lach doch! Das ist doch das Praktische am Recht, daß es sich auf die faßbaren Tatsachen beschränkt, auf mein und dein und oben und unten. Dieses Denken haben sie dir schon im Kindergarten beigebracht, es gilt bis ins Grab: nur faßbare Tatsachen. Es ist eine brauchbare Einschränkung. Ein Schnitt durch die Wirklichkeit, und sie läßt sich als Scheibe wahrnehmen: hier Täter und Tun, da Opfer und Erleiden. Sie zwinkert eine Träne weg.
Und ausgerechnet sie, deren Aufgabe darin besteht, Tatsachen und Menschen nach gut und böse zu trennen, ausgerechnet sie käme und wollte mitten im Spiel die Regeln ändern. Nicht bloß, daß sie sagte, das Räuber-und-Polizist-Spiel sei in Wirklichkeit nicht weiter wichtig, nein, auf einmal behauptete

sie, schwarz und weiß, gut und böse seien bloße Vorgaben, Koordinaten, die dazu dienten, uns alle vor dem Taumeln zu bewahren. In Wirklichkeit – ja was ist es denn in Wirklichkeit?
Sie schlägt die Tür ihres Garderobenschranks zu, das ist wirklich.

Sie liebt es, leise wippend auf ihrem Gesundheitsstuhl zu sitzen, mit durchgestreckter Wirbelsäule. Jetzt liegen die Hände untätig auf dem Computertischchen, auf dem Bildschirm steht der fast fertige Bericht über die Verbesserung des Aktenlaufs. Ihre Zehen spielen mit den wildledernen Mokassins, aus denen sie geschlüpft ist; samstags trägt sie Hosen.
Der Ahorn vor dem großen Fenster leuchtet gelb in der Morgensonne. Warmes Gegenlicht füllt das Büro. Zeno, ihr grau-schwarzer Schnauzer, hat sich endlich hingelegt, streckt sich der Länge nach im besonnten Viereck auf dem grauen Spannteppich aus. Samstags darf er sie begleiten. Ein guter Tag.
Möglicherweise gibt es einen Menschen, vor dem sie sich in acht nehmen muß – Felix.
Und Dieter? Auch mit Dieter muß sie zu einem Ende kommen.

Mit offenen Augen blickt sie in das Gelb.
Sie wäre dabei, wenn sie Viktor Renggs Leiche fänden, aufgedunsen, mit der Kugel im Kopf. Bei ihm ginge sie kein Risiko ein, sie schösse von hinten, das wäre sicherer. Er ist brutal und als Sportler rasch und behend.
Falls sie tauchten, und sie würden Taucher aufbieten, fänden sie auch den Revolver, einen jener Revolver, deren Herkunft nicht festzustellen ist. Vor Monaten hätte sie ihn im Magazin aus einem Neueingang mitlaufen lassen, er taugte genau für diesen Zweck.
Viktor Renggs Wasserleiche stänke schon und wäre derart aufgequollen, daß Einsatzpolizisten und Dienstarzt wegträten, um sich zu übergeben. Sie gönnte es ihm, im Tod so widerlich zu sein wie im Leben.
Es ist dieser Beruf, denkt sie. Diesen Menschen habe ich ein einziges Mal in natura gesehen. Ich habe überhaupt nichts mit ihm zu tun, warum sollte ich ihm ein solches Ende wünschen? Als gäbe es nicht Leichen genug. Sie mag den süßlich-säuerlichen Blutgeruch nicht, der hin und wieder von ihnen ausgeht. Sie ist nicht zimperlich, doch sie haßt es, fremde, oft verstümmelte Menschen in der beginnenden Totenstarre ansehen zu müssen. Ihren männlichen Kolle-

gen, Hubert, Felix, scheint das nicht so viel auszumachen.
Ist sie deprimiert wie im Fall Mossing, mag sie zu Hause in der Wohnung nicht einmal Zeno streicheln, läßt sich ein Bad einlaufen, legt eine CD auf, Chansons oder Vivaldi, leise muß es sein, liegt lange im Schaumbad: aufweichen, all das Gräßliche auflösen, wegwaschen.

Sie rollt auf ihrem Stuhl in einer halben Drehung zum Aktenschrank. Hier, zwischen den Bundesordnern hinter der Hängeregistratur befinden sich die Kopien und ihr Bericht zum Fall Mossing.
Sie hat an Dieter gedacht, als sie ihn schrieb, wer sonst wäre ihr vertrauenswürdig erschienen?
Das muß sie sich jetzt neu überlegen.
Dieter ist weder ihr direkter Vorgesetzter, noch ist er in irgendeiner Weise für ihre Arbeit zuständig. Daß er in der Beamtenhierarchie letztlich auch für ihre Arbeit kollegial mitverantwortlich ist, fällt nicht ins Gewicht.
Mit Dieter Brehm hatte sie ein Verhältnis.
Sie hat Dieter bedingungslos vertraut. Es war nicht vorauszusehen, daß sie, Simone Wander, innerhalb der Koordinaten die Position wechseln würde, so daß alles anders

aussieht – unweigerlich driftet sie von ihm weg.
Gelb leuchten die Blätter. Die Aufzeichnungen zu diesem Fall sind ihr Schlußdokument, Ende. Ein für allemal.
Sie zieht den hellblauen Schnellhefter «Protokolle RDK II» heraus, schwenkt auf ihrem Stuhl zum Pult zurück und legt ihn vor sich hin.
Sie könnte eine Schwertlilie auf das Deckblatt zeichnen. Während der Schulzeit ist sie ihr Emblem gewesen, ein Knollengewächs, das nahezu ohne Erde auskommt. Ein Schwert mit einem feinziselierten Knauf. Ein Schwert zum Kämpfen, ein Richtschwert, Symbol richterlicher Gewalt. Sie zeichnet die Lilie heute noch gern, und immer hat sie diese mit ihrem Namenszug verbunden: Simone. Sie liebt ihren Namen, fühlt sich stark, wenn sie ihn denkt. Sie ist Simone. Wer Angst hat, wird verletzbar. Sie fürchtet sich nicht, sie hat eine Aufgabe, und heute spürt sie in sich die Wut.

Nein, sie wäre nicht aufgeregt, sie ist streßtauglich. Ihre Prüfungsergebnisse bestätigen es. Sie ist stolz darauf, beim jährlichen Beamtenwettschießen für ihre Gruppe Punkte zu holen, gerade weil sie nicht gern schießt.

Sie ist stark, sie denkt es laut, sie versagt nicht unter Druck, bleibt reaktionsfähig. Sie hat keine Angst.

Sie blickt auf ihre schmalen Bürohände, sieht sie die Waffe hochziehen, den Finger am Abzug, sieht sich breitbeinig dastehen, verdeckt durch die Bretterwand, hinter dem Gebüsch.

Zufällig hätte sie auf der Fahrt von Eschen nach Bolnau in der Autokolonne vor sich Viktor Renggs silbergraues Cabriolet bemerkt, am Aufkleber «I love the Jungfrau» hätte sie es erkannt. Sie hätte gewußt, daß er unterwegs zu seinem Segelboot war, hätte gehofft, er wäre allein.

Sie hätte bloß diese Möglichkeit ausgenutzt, die sich ihr bot, sich situationsgerecht und geschmeidig darin bewegt.

Es geschähe an einem diesig trüben Tag. Damit niemand sie bemerkte, würde sie ihr Auto nicht zu Renggs Bootshaus fahren, liefe unbemerkt die Abkürzung über die bewaldete Landzunge. Vor Viktor Rengg gelangte sie an ihren Standort hinter der Bretterwand, wartete, hörte sein Cabriolet knirschend den Schotterweg hinauffahren, hörte das Zuschlagen der Autotür, den Knall des Kofferraumdeckels, sähe Rengg auf den Steg treten, schräg unter ihr, höbe

mit beiden Händen ruhig den Revolver, könnte zielen, auf ihn, der einfach so dastünde. Sie sieht seine Silhouette scherenschnittscharf vor dem bleigrauen See, hat den Kopf jetzt ins Visier genommen, zittert nicht, drückt ab. Ihre Arme werden vom Rückstoß hochgerissen.
Langsam kippt er weg, zwischen Boot und Steg ins Wasser. Sie wirft mit aller Kraft den Revolver hinterher – behend entfernt sie sich. Niemand hätte sie gesehen, keiner ihr Auto bemerkt. Jetzt setzte Nieselregen ein; es regnet oft im Spätherbst. Viktor Rengg würde nicht gleich vermißt. Frauen wie Renggs Frau sind an die Abwesenheit ihrer Männer gewöhnt, zögern, irgendwo nachzufragen. Der Regen wäscht die Spuren in zwei Tagen weg.
Eine halbe Stunde hätte es gedauert, immerhin. Doch dann wäre sie zu Hause, hätte Zeno gefüttert, sich geduscht, etwas gegessen und säße vor dem Fernsehgerät, schaute die Tagesschau an und achtete auf Einzelheiten, für alle Fälle.
Es wäre eine Frage des Zufalls, was sich daraus ergäbe.

Sie schüttelt sich.
Eine Wasserleiche und sie, ausgerechnet sie

erschießt einen Menschen, den sie kaum kennt, was für ein Unsinn.

Ein Wachtraum, sie blickt auf die Uhr, der höchstens eine Minute gedauert hat. Wenn sie nicht aufpaßt, reibt dieser Beruf sie auf.

Zeno dehnt sich wohlig in der Wärme des besonnten Teppichs, legt plumpsend den schweren Kopf auf die andere Seite, schläft weiter.

Sie öffnet den Schnellhefter, in dem sie hinten die zwei Protokolle abgelegt hat. In der stetig anwachsenden Registratur fallen sie weder auf den ersten, noch den zweiten oder dritten Blick auf.

Texte, die nicht für fremde Blicke bestimmt sind, seien sie nun zu heikel oder zu persönlich, die keinesfalls verschwinden dürfen, speichert sie nicht im Computer, sondern druckt sie gleich aus. Die Computer in ihrer Abteilung sind vernetzt, irgend jemand könnte sich ihr Codewort beschaffen. Dokumente in verschlossenen Aktenschränken liegen sicherer. Seit den Besonderheiten im Fall Mossing ist sie mißtrauisch geworden.

Vor zwei Wochen hat sie ihr Pult so gedreht, daß sie auf der einen Seite das Fenster, auf der andern die Tür im Auge behält, so ist sie ruhiger. Den Pflanztrog mit seinen üppigen Blattgewächsen hat sie bei dieser Gelegen-

heit näher zum Fenster gerückt. Das Büro wirkt jetzt größer.
Falls jemand unangemeldet hereinschaut, Steffi, Felix, ein Polizeibeamter oder irgendein Fremder, so bemerkt sie ihn sofort, und der Bildschirm ihres PC ist von der Türe her nicht einzusehen.

Auf dem Bildschirm erscheinen auf Knopfdruck die Fenster des Berichts zur Verbesserung des Aktenlaufs, nebeneinandergeschaltet, groß, klein, schmal, breit. Offensichtlich hat sie die Schwachstelle im Verwaltungsablauf gefunden. Die beiden möglichen Varianten ihres Verbesserungsvorschlags scheinen ihr auch jetzt einleuchtend zu sein. Die Zusammenfassung ist annähernd fertiggestellt, der Antrag ausformuliert, Papierkram.
Es ist Felix, der ihr vor zwei Wochen diese Zusatzaufgabe gegeben hat, als er ihr den Fall Mossing wegnahm und diesen zu seinem Sonderauftrag erklärte. Auf der Ecke ihres neu gestellten Pults hatte er gesessen, ein Bein locker über das andere geschlagen, die scharfgepreßte Bügelfalte hatte sich über seinem Oberschenkel gespannt – «nichts Außergewöhnliches, nicht, daß ich dir nicht zutraute, diesen Fall korrekt zu erledigen»,

hatte er lächelnd erklärt. Sie war auf der Hut gewesen, bemüht, weder auf das grüne Krokodil auf seinem Pullover noch auf seine blendendweißen, knapp vorstehenden Ärmelmanschetten zu sehen, Standeszeichen, Chefbeamtenlook. Sie hatte seine beweglichen Nasenflügel betrachtet, die blasse scharfgezeichnete Oberlippe, die ausdruckslosen grauen Augen im solargebräunten Gesicht. Sie hatte versucht, darin zu lesen, doch die Pupillen schienen sich nicht zu bewegen. Sie fühlte nur, wie sehr er gespannt war hinter seinem Lächeln, und sie konnte riechen, daß er log.

Mit leicht schräg geneigtem Kopf hatte sie Unterwürfigkeit, Verletzbarkeit dargestellt, hatte leise widersprochen, daß das nicht üblich sei, daß es den Eindruck erwecken könnte, dies sei gegen sie als Frau gerichtet.

Felix ist als Erster Untersuchungsrichter zuständig für das zentrale Untersuchungsrichteramt. Es ist seine Aufgabe, den Kolleginnen und Kollegen zur Seite zu stehen, was immer damit gemeint sein mag, kollegiale Kontrolle auszuüben. Insbesondere für Organisationsstrukturen ist letztlich er verantwortlich.

Es gehe um die Kontakte zum kriminaltechnischen Institut, also um eine übergeordne-

te Angelegenheit. Auch in andern Fällen habe es gehartzt, sie könne sich erinnern. Darum sei es richtig, daß er diesen Fall an sich nehme, daß er als Erster Untersuchungsrichter mit diesen Leuten rede. Mit dem Departementsvorsteher habe er sich schon abgesprochen, jetzt werde anhand des Falls Mossing die Sache einmal durchgespielt. Es sei immer gut, anhand einer Sachfrage Strukturprobleme anzugehen.
Sie hatte den falschen Ton zu hören gemeint, der in den Worten lag. Sie durfte jetzt keinen Fehler machen.
Sie hatte nicht einmal trocken geschluckt. Sie wurde ausgeschaltet. Wenn Felix sich bereits mit der Justizdirektion abgesprochen hatte, konnte sie sich bloß noch dafür bedanken, daß man sie entlastete. Sie hatte in seine ausdruckslosen Pupillen geblickt, gelächelt und dabei das Gesicht dieses toten Bernhard Mossing vor sich gesehen, die hohe, gewölbte Stirn mit den Geheimratsecken, die schmale Nase, den kleinen Mund. Die gebrochenen Augen schienen sie direkt anzuschauen. Er war wenig jünger als sie.
Sie hatte das unwirkliche Gefühl wieder gespürt, das sie damals beim Betreten der Laube befallen hatte, Geißblatt und blaßgelbe Kletterrosen, als hätte man sie auf diesen

Augenblick hin zum Blühen gebracht. Die auf dem Bretterboden des Geräteschuppens auf dem Rücken liegende Leiche, daneben die Bohrmaschine: wie kunstvoll inszeniert hatte es auf sie gewirkt.

Sie war alarmiert gewesen, hellwach, hatte alle damit genervt, daß sie auf genauesten Fotoaufnahmen bestanden hatte, auf Feststellen sämtlicher Fingerabdrücke, so als wäre das nicht selbstverständlich. Ob es sich wirklich um einen Elektrounfall handle, hatte sie den Pikettarzt gefragt, Bretterboden isoliere doch, ob Fremdwirkung ausgeschlossen sei, ob die Leiche bewegt worden sein könnte, er solle keine Möglichkeit außer acht lassen – darauf hatte er ihr netterweise eine Beruhigungspille zugesteckt.

Es gehe nur darum, künftig Reibungsverluste zu vermeiden, wiederholte Felix, allein deshalb werde dieser Fall heute von ihm übernommen. Es sei daran nichts mehr zu ändern, er nehme gleich alle dazugehörenden Unterlagen an sich. Falls noch etwas davon in ihrem Computer stehe, solle sie es löschen.

Sie hatte seine Stimme auf der Haut zu spüren gemeint, weich, dunkel, werbend, viel zu intim. Sie kannte ihn seit Jahren, doch diesen Ton hatte er ihr gegenüber

noch nie angeschlagen. Sie hatte gemeint, ihn zu riechen und war aufgestanden.
Zu diesem Zeitpunkt hatte sie nicht einmal gewußt, daß er seit kurzem verlobt war.
Sie konnte ruhig bleiben, weil sie vorgesorgt hatte: von allen wichtigen Dokumenten hatte sie sich eine Fotokopie gemacht und diese gut verwahrt. Da hätte man schon jeden Ordner in ihrem Büro durchsuchen müssen. Neuerdings verschloß sie die Schränke und trug den Schlüssel in der neuen rehbraunen Schultertasche immer bei sich.
Sie hatte nachgegeben, einfach so. Und Felix hatte freundlich gelächelt; er schien nichts anderes erwartet zu haben. Hielt er sie für so blöde oder für so klug?
Hätte er nicht den Aktenstoß in beiden Armen getragen, er hätte ihr wohl beim Hinausgehen kollegial auf die Schulter geklopft. Statt dessen hielt er unter der Tür noch einmal inne, bewunderte das Vogelaquarell, das sie vor zwei Wochen erst erstanden hatte. Einmal mehr hatte sie seinen scharfen Beobachtungssinn registriert, da rutschte ihm der Aktenstapel auseinander, die Papiere wehten in den Korridor. Sie war stehengeblieben und hatte auf ihn heruntergeschaut, wie er Bogen um Bogen von den Fliesen klaubte. Beinah befriedigt hatte

sie die seinen sehnigen Nacken hochsteigende Röte betrachtet.

Sie blättert im Hefter, überfliegt Einzelblätter. Hier, das hat sie vor zwei Wochen geschrieben.

FAKTEN/BERICHT
Lieber D.
Beiliegend ein von dir nicht angeforderter Bericht. Du bist zwar für den Fall nicht zuständig, und es ist auch keine logische oder chronologische Zusammenfassung der Fakten. Du kannst dir ja dazu einen neuen Ordner anlegen, vielleicht mit dem Vermerk: merkwürdige Betrachtungsweise.
Vordergründig geht es um den Fall Bernhard Mossing, den du aus der Zeitung kennst und von dem ich dir einmal gesprochen habe. Wie du weißt, habe ich ihn bearbeitet. Felix Siegenthaler wird ihn abschließen. Im Grunde genommen muß ich ihm dafür dankbar sein, schon weil er mich daran hindert, etwas aufzurollen, das ich nicht schlüssig beweisen kann.
Ich habe in den letzten Wochen eine sehr schwierige Zeit durchlebt, du hast es nicht bemerkt, auch das gehört dazu.
Man könnte daraus einen Zusammenhang

ableiten: daß du selbst mehr über den Hintergrund der Untersuchung weißt und daß du dich von mir zurückgezogen hast für den Fall, ich beginge eine Dummheit. Du wüßtest dann von nichts.

Du wirst diesen Bericht erhalten, wenn ich mit meinen Überlegungen zu einem Ende gekommen bin. Felix Siegenthaler bekommt ihn ebenfalls. Mit demselben Datum habe ich ein Dispensationsgesuch «aus gesundheitlichen Gründen, Arztzeugnis liegt bei» sowie mein Kündigungsschreiben «auf den nächstmöglichen Termin» vorbereitet.

Du liest, und ich werde meine Schränke und mein Pult schon geräumt, die Schlüssel beim Hauswart abgegeben haben. Die Aufregung wird sich rasch legen.

Ich habe mich entschlossen, meinen Beruf aufzugeben. Nur so kann ich es mir leisten, das, was ich als wirklich wahrnehme, darzustellen – in einem Bericht an D., dich, meinen Freund.

Du kannst damit machen, was du willst. Ich hoffe, daß du ihn liest. Du wirst ihn verstehen oder auch nicht.

Du brauchst dich nicht erpreßt zu fühlen, auch Felix nicht. Ich tue es nicht aus Edelmut – in bezug auf schwarz-weiß bin ich auch mir gegenüber skeptisch – aber es ist

gut, Ballast zurückzulassen.
So wie ich dich und die Verhältnisse kenne, wirst du kaum etwas unternehmen – ad actas. Es wird dir genügen, den Bericht zu besitzen.
Bald schon werde ich in Dublin ankommen. Die nötigen Papiere habe ich angefordert. Ich werde mich hier abmelden und nach Connemara ziehen.
Zeno nehme ich natürlich mit, auch dafür sind die Formalitäten erledigt.
Falls du mir in den vergangenen beiden Jahren ab und zu zugehört hast, kennst du mich gut genug, um dies als zu mir gehörenden biografischen Schritt zu akzeptieren – ad actas.
Ich freue mich auf Irland. Ich freue mich, wenn du mich einmal besuchst, doch vergiß nicht, daß dort mein «Code» gilt. Bis dahin alles Gute

Sie hält inne. Ein närrisches Schreiben. Dem Datum nach hat sie es vor zwei Wochen aufgesetzt, vor jener Vernissage. Dieter war schon zu diesem Zeitpunkt nicht der richtige Adressat. Welcher Mann nimmt seine Geliebte schon ernst, denkt nicht gleich, sie wolle sich bei ihm in Szene setzen.
Gehört nicht der Traum vom Weggehen ge-

nau in den Zusammenhang?
Heute sieht es anders aus.
Sie blättert. Ein einzelnes Blatt, darauf nur ein paar Zeilen: Irland, die Sehnsucht nach einem anderen Land, der Traum von der grünen Insel, von Gras, Hecken, grauem Stein, Schafen, einem Haus an einem See und dem Kreislauf der Jahreszeiten. Die Sehnsucht nach Menschen, die Zeit haben...
Sie reißt das Blatt aus dem Ordner.

Es folgen die Kopien des Falles Mossing, deretwegen sie an diesem Morgen hergekommen ist:
Das Protokoll der Polizeidienststelle Schwalmbach, erstellt von Polizeiwachtmeister Sutter;
ihre eigene Protokollnahme des Unglücksorts/Tatorts;
die Feststellung der Todesursache durch den Pikettarzt Arnold Müller-Hansen;
die Zeugeneinvernahmen: Lebenspartnerin, Mutter, Nachbarn, Vorgesetzte, Kollegen;
die Liste möglicher Todesursachen.
«Bernhard Mossing war 28 Jahre alt, lebte mit seiner Lebenspartnerin, Nadine Roth, in Schwalmbach. Diese war im Gespräch ab-

weisend, was in Anbetracht der Umstände nicht außergewöhnlich ist. Sie arbeitet im Sekretariat der Handelsfirma IKOS. Sie lebte erst seit einem halben Jahr mit Bernhard Mossing zusammen. Bis dahin hatte Mossing bei seiner Mutter gewohnt, Frau Edith Mossing-Weber, verwitwet, Schwalmbach. Auch das Gespräch mit seiner Mutter blieb ergebnislos.
Bernhard Mossing arbeitete als Computerspezialist in der Wertschriftenabteilung der Städtischen Bank. Seine eigenen Bankauszüge wie die Angaben des Steueramtes ergaben nichts Außergewöhnliches.
Für alle Befragten handelt es sich um einen tragischen Unfall.»
Ein Bankbeamter liegt tot in seinem Geräteschuppen. Todesursache ist ein Stromschlag durch seine offensichtlich defekte Bohrmaschine. Anscheinend war er im Begriff, einen Kabelträger an der Seitenwand des Schuppens zu befestigen. Eine Denksportaufgabe für das kriminalistische Seminar: Wo könnte eine Lücke sein? Welche anderen Unfallursachen sind vorstellbar? Was spricht gegen einen Unfall? Wie kann der Tod durch Einwirkung Dritter verursacht worden sein?
Umgekehrtes Vorgehen: zu suchen ist eine

Hintergrundgeschichte. Gibt es Gründe, die gegen einen Unfall sprechen?

Ihre außergewöhnliche Betroffenheit, ihre Unruhe, der Eindruck, die Leiche sei hingelegt, der Unfall inszeniert worden, können auf Überarbeitung zurückgeführt werden, auf Arbeitsüberlastung wie auf sich abzeichnende private Probleme.
Ungewöhnlich war erst die Häufung der Schlampereien, der Unregelmäßigkeiten bei der Untersuchung:
Die erste geschah im gerichtsmedizinischen Institut. Dort geriet die routinemäßig entnommene Gewebeprobe unbearbeitet in den Abfallcontainer. Beiliegend die entsprechende Notiz und die darauf folgende geharnischte Beschwerde. Jetzt läßt sich weder Alkohol- noch Drogenkonsum ausschließen.
Als nächstes ergab die Spurenanalyse des Jogginganzugs durch das kriminaltechnische Institut Hausstaub. Dem widersprechend zeigten die Fotos vom Unfallort offensichtlich stark beschmutzte Kleidung. Eine telefonische Nachfrage im Institut ergab, daß niemand etwas wußte, daß nicht einmal notiert war, wer die Analyse vorgenommen hatte; der Anzug war anschließend gleich gereinigt worden. Bescheinigt vom Sekretariat.

Es wäre interessant gewesen, die Herkunft des Schmutzes zu kennen. Auch hier hat sie eine Beschwerde geschrieben.
Bei der routinemäßigen Überprüfung von B. Mossings Heimcomputer durch den Polizeibeamten Franz Kornbauer, einen ausgewiesenen Computerfachmann, verlor dieser unglücklicherweise einen großen Teil der gespeicherten Daten – unwiederbringlich. Kornbauer kann sich den Vorgang nicht erklären.
Sie hatte sich im Departement nach der Möglichkeit einer bankinternen Vertiefung der Untersuchung erkundigt und war beschieden worden, derartige Überprüfungen könnten nur veranlaßt werden, wenn Beweise für ein Delikt vorlägen. Die sollte die Überprüfung ja liefern: Die Schlange, die sich in den Schwanz beißt.
Felix Siegenthaler hat diesen Fall gegen alle Regeln an sich genommen. Er wird ihn mit dem Ergebnis abschließen, es habe sich um einen Unfall gehandelt. Hier ist sie persönlich in ihrer Eitelkeit und in ihrem Rechtsempfinden verletzt.
Nach ihrem Gefühl hat Felix sie bereits zweimal belogen, doch beweisen läßt sich das nicht: Das eine Mal, als er behauptete, es ginge um reibungslose Beziehungen

zum Institut. Das andere Mal reagierte er zu schnell, als sie ihn um seine Meinung bat, ehe sie das Gesuch um eine bankinterne Überprüfung stellen wollte. Sachlich mußte sie ihm beistimmen: Banken sind Machtträger, in deren Interna ein Untersuchungsrichteramt nicht frisch fröhlich herumstochert. Man hat sich ihnen mit der angemessenen Vorsicht zu nähern. Gleichzeitig aber hatte sie erstaunt ihren inneren Widerstand gespürt, als sträubte sich ihr Nackenhaar. Wäre sie Zeno gewesen, sie hätte ein leises, warnendes Knurren von sich gegeben.
Das ist etwas und ist nichts, Menschen wie Dieter beginnen da noch nicht einmal nachzudenken.
Aus der Distanz gesehen ist es zu wenig. Sie spürt bloß ein Muster, das hinter den Merkwürdigkeiten des Falls liegen kann. Falls dem so wäre, könnte es alles in Bewegung setzen. Das Muster ist der Bericht. Mit diesem Muster hängt auch ihr Wunsch wegzugehen zusammen.
Montag wird sie die Akten fotokopieren und sicher verwahren, nicht bei Dieter und nicht in einem Banksafe. Sie wird sie Wachtmeister Sutter bringen, und sie wird mit ihm darüber reden.

Bevor etwas wegdriftet, hat es sich abgetrennt.
Den winzigen Riß in ihrer Beziehung zu Dieter Brehm hatte sie gespürt, als sie sich beim Gedanken ertappte: wenn das Mama wüßte.
Nicht, daß ihr vorher nicht klar gewesen wäre, worum es ging, alternder Mann – junge Frau. Nicht, daß sie es vorher nicht unverfroren bejaht hätte: ich will leben.
Es war kaum anders gewesen als sonst nach einer gemeinsamen Nacht: sie hatte ihn begleitet und entlastet, indem sie für ihn tippte. Ihr Entgelt schien die Übernachtung zu sein, die er ja unter Spesen abbuchen konnte. Also kostete ihn ihre Begleitung nichts.
Es war beim Frühstück gewesen, sie hatte ihr Hörnchen mit Butter bestrichen, der Kaffee schmeckte passabel. Er hatte glatt rasiert und frisch geduscht ihr gegenübergesessen, das Morgenlicht fiel auf sein schlaffes Gesicht. Wie sie ihn so ansah, ging ein leiser Knall durch ihre Wahrnehmung, als wäre ein Glas gesprungen. Ganz hell durchschoß sie der Gedanke: wieviel hätte er für eine Geliebte plus Schreibkraft bezahlen müssen? Er ist ein Miesling und nimmt dich aus. Du hast dir etwas vorgemacht, er ist ganz anders.

Eher erstaunt als betroffen hatte sie es zur Kenntnis genommen, sie hielt es bewußt fest, merkte sich den Moment.
Ebenso erstaunt registrierte sie, daß ihr gleichzeitig Mamas Gesicht gegenwärtig war. Die großen lachenden Augen wie in einem Traum.

Sie wippt auf ihrem Stuhl.
Daß Felix Siegenthaler ausgerechnet mit dieser Kunsthistorikerin verlobt ist – schlagartig weiß sie, was sie beunruhigt: Anja Belleton.
So sieht ein Opfer aus. Im Augenblick, als sie diese Frau zum ersten Mal sah, war dieser Satz dagestanden; sie hatte das Gefühl gehabt, sie könnte die Worte wie in eine Steintafel gemeißelt berühren. Das war vor einer Woche gewesen.

Es war ein Zufall, daß sie zu dieser Vernissage auf Schloß Eschen gegangen war. Aus der Einladung hatte sie gewußt, Dieter würde sprechen, als Präsident der Schloßstiftung.
Sie war etwas verspätet eingetroffen, hatte einen der letzten freien Stühle in der Seitenreihe an der Kapellenwand erwischt. Nun konnte sie sich das Publikum unbefangen anschauen, vorwiegend ältere Ehe-

paare, die Männer grau- bis weißhaarig in Straßenanzügen mit weißen Hemden und diskreten Kravatten, die Frauen frisiert, mit wertvollem Schmuck zu Seidenkleidern oder klassischen Deux-Pièces. Es war richtig gewesen, daß sie zu Seidenrock und Blouson die hochhackigen Lackschuhe gewählt hatte.

Sie war überrascht von der hellen Weite des Innenraums, hatte nicht gewußt, daß an das Schloß eine romanische Kapelle angebaut war. In romanischen Kirchen fühlte sie sich wohl.

Trotz der guten Akustik fiel es ihr schwer, dem Mendelssohn-Quintett zu folgen, Raum und Musik schienen nicht zusammenzupassen. Sie fühlte sich von den schmelzenden Passagen unangenehm berührt und war froh, als die Musik zu Ende war.

Sie hatte Dieter seit langem nicht öffentlich sprechen hören. Er mußte sie sehen, doch er blickte unbeteiligt über sie hinweg. Fremd und gediegen stand er im Maßanzug oben auf den Stufen. Erstaunt hörte sie zu, wie er sich fachkundig und mit Anteilnahme über diese längst verstorbene Malerin und deren Bilder äußerte, kurz, gut vorbereitet und frei. Ob Margot, seine Frau, das Referat vorbereitet hatte? Margot Brehms Kunstin-

teresse war allgemein bekannt.
Sie suchte, und zwischen Köpfen erspähte sie den dunklen Lockenturm in der vordersten Reihe, den langen Hals, ein glitzerndes Gehänge am Ohr.
Dieter hatte aufgehört zu sprechen, hatte seiner Frau und noch jemandem in der ersten Stuhlreihe zugenickt. Während er die Stufen auf der einen Seite herabstieg, ging von der andern Seite eine zierliche, kleine, hellgelb gekleidete Frau die Treppe hinauf. In diesem Augenblick hatte sie gedacht: So sieht ein Opfer aus.
Abschätzend hatte sie es gedacht, professionell, etwas überrascht, daß sie sich so sicher war. Die junge Frau, die zu reden begann, hatte sie noch nie gesehen.

Sie geht in ihrem Büro hin und her, vom Fenster zum Wandschrank und zurück, hin und her. Zeno hat seinen Platz gewechselt und sich unter das Pult verzogen.
Anja Belleton, Kunsthistorikerin, so hatte es im Programm gestanden. Belleton: sie hatte gestutzt, konnte den Namen nicht einordnen.
Von ihrem Seitenplatz her hatte sie auf dieses Persönchen gestarrt. Hell beleuchtet das dreieckige Gesicht. Ob es an diesem Gesicht

lag, daß sie auf ein Opfer geschlossen hatte? Die Augen standen schräg über hohen Wangenknochen, die schwarzen Haare lagen eng an, wie eine Kappe, die schmale Nase warf einen Doppelschatten über den dunkelrot geschminkten Mund.

Beobachtend hörte sie zu, wie diese junge Frau begeistert über Herkunft, Werdegang und Werk der Malerin sprach, wie sie die Tragik in deren Biografie hervorhob und das Vergessenwerden als bezeichnendes Schicksal einer Frau im Kulturbetrieb beklagte. Offensichtlich sprach sie über ein Opfer, vielleicht war ihr dies nicht einmal bewußt.

Wieso hielt sie Anja Belleton für ein mögliches Opfer? Simone erinnerte sich sehr gut an jenes Übungsseminar in Strafrecht, in dem ein Film gezeigt wurde: Menschen in einer belebten Fußgängerzone. Man hatte diesen Film Straftätern vorgeführt und sie aufgefordert, mögliche Opfer zu bezeichnen. Erschreckenderweise hatten sie ausnahmslos dieselben Menschen genannt, als trügen diese ein geheimes Kennzeichen. Sie hatten als Studenten ebenfalls die Opfer benennen sollen, und dabei hatte sich ihr völlig unzulängliches Einfühlungsvermögen erwiesen.

Anja Belleton hatte ihr Referat abgelesen, gekonnt, immer mit Blickkontakt zum Publikum. Aber war da nicht eine Unsicherheit, wurde da nicht bloß perfekt eine Rolle gespielt?

Es war beim anschließenden Apéro, als ausgerechnet Felix, den sie in der Kapelle nicht erwartet und nicht bemerkt hatte, lächelnd mit dieser Frau am Arm zu Simone trat und Anja Belleton förmlich als seine Braut vorstellte.
Simone konnte auf sie hinunterblicken: wie aus einer andern Zeit, hatte sie gedacht, ein Porzellanfigürchen aus den dreißiger Jahren. Unwillkürlich hatte sie überlegt, ob die Wimpern wohl echt seien.
Der Name Belleton komme ihr bekannt vor, die übliche Einleitung, um eine Antwort zu erhalten. Was suchte sie?
Felix wies auf die Ausstellungsbilder hin. Einige davon seien Leihgaben aus dem Hotel Sternberg. Anjas Vater sei der bekannte Conrad Belleton, der das ehemalige Kurhotel Sternberg restauriert und zu einem Erstklaßhotel gemacht habe. Anja Belleton arbeite als Assistentin am Kunstmuseum.
Jung, hübsch, reich und gebildet, hatte Simone gedacht und sich etwas geschämt.

Anja Belleton schaute so entwaffnend aufmerksam, lächelte so offen. Felix Siegenthaler aber sonnte sich, als wäre irgend etwas sein Verdienst.
Sie hatten sich unterhalten. Beiläufig hatte sich Anja Belleton nach dem Fall Mossing erkundigt, es sei doch Simones Amtsbezirk, ob sie den Fall bearbeite. Ebenso beiläufig hatte sie geantwortet, Felix Siegenthaler, Anjas Verlobter, sei dabei, die Untersuchung abzuschließen.
Vergeblich versucht sie sich zu entsinnen, ob Felix etwas dazu gesagt hat. Die Erinnerung an den Augenblick ist erfüllt vom Ausdruck im Gesicht dieser Anja Belleton: verständnislos und jäh erschreckt hatte sie Simone angesehen. Dann hatte sie etwas zusammenhanglos gemeint, der Beruf einer Untersuchungsrichterin sei doch ein sehr männlicher Beruf.
Offensichtlich war sie betroffen, nicht jeden Atemzug ihres Verlobten zu teilen.
Felix hatte irgendwie abgewiegelt, der Unfall sei abgeklärt, hängig sei bloß noch eine Organisationsfrage.
Wegen dieser Szene hat sie Anja Belleton als unruhige und gehetzte Frau in Erinnerung. Dauernd bewegte sie die Augen, drehte und wendete den Kopf ganz leicht, folgte dem,

was hinter dem Rücken ihrer Gesprächspartner zu sehen war.
Felix muß es ebenfalls wahrgenommen haben.
Ihr war es etwas unangenehm gewesen, diese Spannung verursacht zu haben.

Sie seufzt und schreckt auf, weil Zeno gleichzeitig im Schlaf vernehmlich und tief ausschnauft.
Da steht sie am Fenster und schaut in diesen gelben Baum. Sie blickt hinunter in den Hof. Dort steht auch ihr weißer Citroen zwischen den wenigen Autos auf den Privatparkplätzen. Samstags, wenn Zeno dabei ist, kann sie ja nicht die Vespa nehmen.
Sie versucht, sich an jede Einzelheit dieser Vernissage zu besinnen. War es nicht so gewesen, sie sucht das Gefühl wieder hochkommen zu lassen, als würde sie umgarnt mit feinen Fäden, klebrigen, unzerreißbaren Fäden, ein Netz ziehe sich um sie zusammen.
Das Gefühl wurde von den Menschen ausgelöst, die einander fast alle zu kennen schienen.
Später hatte Felix sie Anja Belletons Eltern vorgestellt, er hatte sie leicht am Arm genommen, was sie geärgert hatte, denn so ver-

traulich standen sie nun wirklich nicht zueinander, hatte sie seinen künftigen Schwiegereltern als seine reizende und überaus kompetente Kollegin präsentiert.
Wie üblich benahm man sich ihr gegenüber außerordentlich aufmerksam. Eine Untersuchungsrichterin, wie interessant! Sie wurde in Gespräche verwickelt und wußte, daß dies auch ihres Aussehens wegen geschah. Davon hatte sie als Kind geträumt.
In ihrem Beruf hat sie ihr Ziel erreicht, sie bewährt sich, hat Erfolg, man nimmt sie ernst, Simone Wander. Sie kennt die Gründe, weshalb sie dies anstreben mußte, doch ihre Kindheit liegt weit zurück. Bald wird sie auch darüber lächeln können.

Dieses zunehmend deutlichere Gefühl an jener Vernissage, etwas stimme nicht. Wie ein fast unmerkliches Verschieben der Reibeflächen einer Bruchstelle.
Frau Belleton hatte beim Lächeln die Zähne gezeigt und sie aufgefordert, mit ihr und einer Bekannten einen Rundgang durch die Ausstellung zu unternehmen. Sie wolle ihr das Lieblingsbild der Malerin zeigen, es hänge normalerweise im Musiksalon des Hotels Sternberg. Die Bekannte war Bettine Rengg, verheiratet mit eben jenem Viktor

Rengg, Direktor des Chemihold Konzerns und Konzertmäzen, den Simone in ihrem erstaunlichen Wachtraum erschossen hat. Sein Foto ist ab und zu in einer Bildzeitung oder einer Finanzzeitschrift zu sehen.

Sie erinnert sich, wie sie die nebeneinanderstehenden Frauen gemustert hatte, die Kleider aus teuren Stoffen, dezent, der Situation «Vernissage» angemessen. Beide mußten älter als vierzig sein, doch hatten sie glattgepflegte Gesichter. Auffallend an der einen die wasserhellen Augen, an der andern der verhärmte Mund.

Sie hatte gesprochen und aus dem Augenwinkel Dieter beobachtet, gefühlt, wie dessen Frau sie ihrerseits nicht aus den Augen ließ. Es war ihr aufgefallen, wie sie ihn herumdirigierte, in Gespräche verwickelte, mit Menschen zusammenbrachte, sich dabei offenkundig amüsierte. Sie hatte gemeint, die Rivalität zu spüren und hatte sich geärgert, überhaupt so etwas zu denken. Jedenfalls hatte sie sich etwas mies gefühlt. Vielleicht wäre sie gern neben ihm gestanden, hätte die Hand auf seinen Arm gelegt, wie seine Frau es jetzt tat, hätte sich am Gespräch beteiligt, das er mit Leuten führte, deren Namen sie nicht kannte. Es war ärgerlich, nur Zugemüse zu sein, nach Belieben beiseitezulassen.

Sie hatte aufgesehen, und über die Köpfe hinweg den stechenden Blick eines Mannes aufgefangen, einen Augenblick bloß. Sie hatte reflexartig weggeschaut und dies sogleich bereut.
Sie war es gewohnt, daß Fremde sie fixierten. Als sie wieder in seine Richtung blickte, waren Menschen dazwischen, und sie sah die Augen nicht mehr.
Merkwürdig, daß sie sich jetzt an diesen Blick erinnert. Als wäre sie ertappt worden in ihren Gefühlen, durchschaut.

Der Rundgang mit den beiden Frauen durch die Ausstellung war enttäuschend gewesen. Nach der Musik, den einleitenden Referaten war sie offensichtlich zu positiv gestimmt gewesen, hatte zuviel erwartet. Das sollte nun die berühmte Malerin des 19. Jahrhunderts sein? Düstere Portraits düsterer Menschen, eine mutlos dumpfe Farbgebung, eine zaghafte Pinselführung, teigig, Atelierkompositionen ohne persönlichen Schwung. Dazwischen ein paar hellere Bilder: Berge in Nebelschwaden und Dunst. Leben war einzig dort, wo die Malerin sich selber dargestellt hatte, ein ansprechendes Gesicht, fragende Augen, warum nur trug sie weiße Kleider, die ihre Zerbrechlichkeit betonten.

Sätze hakten sich fest: über die interessante Komposition, die Intensität einer subtilen Farbgebung, die beinahe fotografisch genaue Wiedergabe in den Portraits, die faszinierenden Augen, und wie entzückend die Idee der Aussteller, das schlichte weiße Kleid und den kleinen Strohhut neben dem Selbstbildnis zu drapieren, wie kunstvoll der Spitzenbesatz, der sich erstaunlich gut erhalten hat.

Sie hatte dazu geschwiegen, aus Höflichkeit, und sich über ihr Schweigen geärgert. Zu den Bildern hatte sie ebenfalls nichts gesagt. Jedes Wort hätte die Stimmung verdorben.

Dieter und dessen Frau waren hinzugetreten, begrüßten Frau Rengg, Frau Belleton überschwenglich, ihr reichten sie von oben herab die Hand.

Vor zwei Tagen hatte Dieter mit ihr geschlafen. Ohne zu überlegen packte sie seine schlaffe Hand fester, krümmte ihre Finger und drückte ihre Nägel mit aller Kraft in seinen Handballen. Es sollte wehtun. Sie fühlt noch jetzt das widerliche Gefühl der nachgebenden Haut.

Dieter hatte keine Miene verzogen, wie zu erwarten war.

Sie würde ihn nicht mehr anrufen.

Später hatte sie Viktor Rengg und den Ho-

telier Belleton kennengelernt. Sie hatten wirklich vom Segeln gesprochen. Renggs Wochenendhaus mußte in der Nähe des Hotels Sternberg am See liegen. Rengg war keineswegs der hassenswerte Koloß und Grobian aus ihrem Traum, sondern ein hagerer sportlicher Mann mit einer beklemmenden Art des Flirtens; beim erfolgsgewissen Lächeln blieben seine Augen verschleiert. Sie hatte versucht, seine langen Schneidezähne zu übersehen. Obenhin hatte er zu ihr über zeitgenössische Portraitkunst geredet. Lebensgroße Portraits von Frau und Tochter habe er in Venedig malen lassen, vom weltweit besten Portraitisten. Da müsse man es eben auf sich nehmen, einige Male zu Sitzungen nach Venedig zu fliegen. Es habe sich gelohnt, die Portraits seien wirklichkeitsnah und doch nicht kitschig. Er war ins Schwärmen geraten, auf dem Bild der Tochter sei eine Taube gemalt; allein diese Taube sei den Preis des Bildes wert, die Federn so lebensecht, wie gestochen, es liege ein Sonnenglanz darauf, und die Farben – es komme nicht von ungefähr, wenn einer berühmt sei, stecke Handwerk dahinter, und das koste seinen Preis. Er hatte gelächelt.
Mit seinem Blick hatte er ebenso genießerisch ihren Busen taxiert. Hätte sie ihn ste-

henlassen, wenn sie nicht hilflos überlegt hätte, er denke, sie sei Dieters Geliebte?
Wer wußte das nicht?

Sie muß aufpassen, daß sich in der Erinnerung ihre persönlichen Probleme nicht mit ihrer Wahrnehmung vermischen. Sie mochte sich nur einbilden, der Verachtung ihr nicht bekannter Leute preisgegeben zu sein. Sie durfte sich nicht ablenken lassen von dieser ganz anderen Stimmung, jener zitternden Erregung, wie sie vor Gewittern in der Luft liegt.
Da war doch etwas gewesen. Etwas Tödliches, das sich zwischen diesen gepflegten, lächelnden, Weißwein trinkenden, über Nichtigkeiten plaudernden Menschen bewegte.
Sie hatte sich beobachtet gefühlt, beobachtete selber, beobachtete auch sich und meinte, sich auf einer Theaterbühne in einem gut eingeübten Stück zu bewegen. Alle kennen ihre Rollen. Sie aber wird geschoben. Statt sich zu fragen, in was für ein Stück man sie gesteckt hat und wozu, spielt sie brav mit, wie es anscheinend von ihr erwartet wird.
Sie fühlte sich zusehends hilflos. Auch die Gesichter der Menschen, deren Namen sie kannte, schienen sich aufzulösen. Die Stimmen schwappten weg, sie spürte die Kälte

im Kopf. Opfer und Täter, sie sah Bernhard Mossings Leiche vor sich auf dem blanken Riemenboden liegen, aufgedunsen und überhaupt nicht anrührend. Sie sah um sich glanzäugige Gesichter, auf den Kleidern Blut. Sie klammerte sich an Worte, streßtauglich, es sind doch Menschen, ich bin Simone, ich bin stark, mir wird nicht schlecht.
Sie hatte sich gezwungen, von den sich drehenden Gesichtern weg auf ihre eigenen Hände zu blicken, die ein halbvolles Glas umklammert hielten, Orangensaft. Sie hatte gedacht, ich höre nichts, und sie hatte bewußt tief durchgeatmet. Sie hatte sich auf den einen Gedanken konzentriert, daß es Zeit wäre, nach Hause zu fahren. Sie mußte sich bloß bewegen.
Einen Fuß vor den andern setzen, bemüht, in den glattsohligen Stöckelschuhen auf dem unebenen Steinfußboden nicht auszurutschen, es funktioniert. Sie hatte sich zwischen Leuten wegbewegt, in Richtung der Wendeltreppe. Die Treppe nicht vorsichtig Stufe um Stufe hinabtasten. Rasch die blauweiße Kordel zum Aufgang aushängen und hinter sich wieder einklinken. Die Treppe hinaufsteigen mit leichter werdenden Füßen, die Beklommenheit verfliegt, leicht hoch und höher steigen, den Stein unter der

Hand fühlen, warm und lebendig. Auf die Zinne des Turms treten, in dieses weiche Spätsommerlicht, aufatmen – Mauersegler kreischen, und um dieses hellen Kreischens willen heraufgestiegen zu sein.
Wenn doch Mama hier wäre. Deutlich sieht sie das kleine Gesicht vor sich, die großen grauen Augen, die Habichtsnase, die breite Stirn. Wer ist sie denn?

Um Viertel vor neun Uhr sieht sie auf die grüne Plastikarmbanduhr. Jetzt ist sie doch eine Viertelstunde einfach so dagesessen, ohne etwas zu tun. Es belustigt sie, zu denken, dies sei nicht ihre Art. Wie soll sie wissen, was ihre Art ist. In Irland wird sie Zeit haben, es herauszufinden.
Zeno blickt sie von unten her an. Wie still er sich verhalten hat. Höchste Zeit, mit ihm laufen zu gehen.
Sie ruft ihn zu sich. Aufgeregt beginnt er zu kläffen, läuft hin und her, drängt sie, das Büro zu verlassen. Sie streichelt seinen struppigen Kopf, bis sie die Wärme in den Fingern aufsteigen fühlt. Wie gut das tut. Ein weiterer Blick auf die Uhr: in einer halben Stunde wird sie zusammenpacken, mit Zeno zum Schloß Eschen am See fahren, dort einen Lauf machen, sich die Ausstellung in

Ruhe noch einmal ansehen.
Am Nachmittag könnte sie einen Ausflug zum Hotel Sternberg unternehmen, einfach so. Sie ist noch nie dort gewesen. Auch wenn dieser Fall für sie abgeschlossen ist, ein wenig private Neugier darf sie sich leisten.
Sie wird Dieter nicht mehr anrufen. Er wird wie jeden Samstagmorgen in seinem Büro sitzen. Er wird auch sie nicht anrufen. Die Wochenenden haben ohnehin immer seiner Frau gehört.
Sie klappt den Schnellhefter zu, geht damit zum Schrank, schiebt ihn zurück an seinen Platz.
Jetzt muß sie nur noch diesen Bericht für Felix fertigschreiben, ihn datieren, ausdrucken und Felix ins Fach legen, dann ist auch das erledigt.
Beim Verlassen des Amtsgebäudes blickt sie zurück zum Portal, zwinkert ihm dort oben zu. Denkt, daß es die weibliche Form des Narren sehr wohl gebe, nur keine Narrenkappe braucht: von allem Anfang an ausgestattet mit seinen Attributen, emporgehoben und ausgehalten von Herrengunst, verköstigt und gekleidet, gehätschelt und oft verlacht, verspottet, verstoßen, geschlagen, wie es den Herren gefällt.
Im Auto schiebt sie die Kassette ein, ihre

Lieblingsmusik, Irische Folksongs. Sie entspannt sich, genießt den Augenblick. Eine Fahrt ins Glimmern eines Spätsommertags, dem venezianisches Rotgold beigemengt ist. Sie summt die Melodie mit, die Gedanken kreisen, werden in der übernächsten Dimension, einer geometrischen Form vergleichbar, als Gedankenmuster aufgezeichnet.

Sie ist zu früh auf dem großen, von Platanen teilweise beschatteten Parkplatz. Auf der plastikbezogenen Informationstafel sind die Öffnungszeiten angegeben; bis es zehn wird, kann sie mit Zeno den Feldweg zum Wald hinauf laufen.

Anschließend sperrt sie Zeno wie gewohnt im Heck des Citroen ein. Die Fenster läßt sie eine Handbreit geöffnet. In einer Stunde wird sie spätestens wieder da sein. Zeno legt sich hin, würdigt sie keines weiteren Blicks. Er mag es nicht, im Auto zurückgelassen zu werden.

Ihr weißer Citroen ist das einzige Auto auf dem Parkplatz.

2

Wie ein zwischen den lichtglänzenden Bergen ausgespanntes blaues Tuch liegt der See vor ihr, die weißen und leuchtend bunten Segel der Boote als Tupfer. Schräg unter ihr am Ufer das Schloß, spielzeuggleich ausgebreitet zwischen Parkanlage und Gärten, mit innerer und äußerer Mauer, Haupt- und Nebengebäuden, Turm und Tor.
Sie geht neben dem tickenden Draht, der die Weide einzäunt. Die geteerte schmale Straße führt zwischen Weide und Rebberg den Hang hinunter.
Die falbbraunen Kühe heben die Köpfe, halten im Kauen inne, schauen mit dunklen Augen. Sie mag Kühe, ist auf dem Land aufgewachsen. Und der tickende Draht erinnert an vergangene Mutproben.
Bei der Weide hatten sie sie eingeholt, standen drängend nah im Halbkreis um sie. Paul hielt drohend ein kurzes Seil. Sie würden sie jetzt an den Pfosten binden, dann mit einer Rute den Strom an sie leiten, es würde sie zwicken.

Man darf die Angst nicht zeigen.
Sie hatte sich Hörner gewünscht und die Hufe einer Kuh. Sie hatte schon gemeint, die Hörner auf ihrer Stirn wachsen zu spüren. Der Kreis der Kinder weitete sich, sie wichen entsetzt zurück. Und dann hörte sie das Schnauben, wußte eine dieser braunen Kühe ganz nah. Sie wagte einen hastigen Blick über die Schulter. Die eine massige Kuh mit den kurzen, leicht verdrehten Hörnern trottete durch hohes Gras, die Treichel schwang, jetzt trabte sie schwerfällig und immer schneller gegen sie, rammte mit der Brust den Pfosten, knickte ihn um, trabte knapp an ihr vorbei den laufenden und schreienden Kindern hinterher dem Dorf zu, mit wiegendem Euter, dröhnender Treichel.
Und sie hatte sich über Pauls Angst gefreut.

Unter sich schon herbstlich lichtenden Linden geht sie durch die barocke Gartenanlage mit ihren Boskletten, Rosenbeeten, Kieswegen und Statuetten. Eine steinerne Brücke führt über den mit Riedgras bewachsenen Graben. Durch einen Toreingang betritt sie den Innenhof, steht im Geviert hell getünchter Mauern vor vergitterten Fenstern und sucht den Eingang – in früheren Zeiten hat man sich vorgesehen, das Schloß war

mit wenig Aufwand zu verteidigen.
Über dem Türsturz kein Narr, sondern eine steinerne Rose.
In der Eingangshalle hinter der glänzenden Theke für den Karten- und Andenkenverkauf sitzt samstags eine farblose, pummelige Frau, putzt Messingleuchter und Zinnkannen, fühlt sich gestört, grüßt mürrisch, der Besuch der Ausstellung kostet nichts.
In ihren flachen, trittsicheren Mokassins, die Umhängetasche über der Schulter, geht sie von Bild zu Bild, kann sich jetzt Zeit lassen, die Bilder wirklich anzusehen.
Die riesigen, düsteren Portraits von Großbürgern des vorigen Jahrhunderts befremden in ihrer Übergröße und Gewichtigkeit so sehr wie beim letzten Mal. Wegen der Leihgaben aus dem Hotel Sternberg ist sie wiedergekommen. Jetzt steht sie davor. Diese zwei Bilder, Mutter und Tochter und Selbstbildnis, hatte sie vor Augen gehabt, wenn sie an die Vernissage dachte. Wenn sie bloß wüßte, wonach sie sucht:
Die Tochter so weiß und die Mutter so schwarz, zwei einander gegenübersitzende Riesinnen, schwere Köpfe mit hart gezeichneten, groben Zügen auf formlosen Körpern. Ein trostloses Bild.
Das Selbstportrait ist bezeichnenderweise

am sorgfältigsten ausgeführt. Der aufwendig geschnitzte, kostbar mit Blattgold verzierte Rahmen beweist es nicht weniger als die spitze Pinselführung oder die Inszenierung: Dame in Weiß, Pelz, Samt und Seide. Der Gesichtsausdruck eine Darstellung von Verletzlichkeit und Hilflosigkeit.

Diese Frau auf dem Bild atmet den Tod, ist todessüchtig, nimmt eine Biografie von Schmerz und Leid und Hoffnungslosigkeit vorweg, morbid: das Frauenideal einer borniertne Oberschicht des vergangenen Jahrhunderts.

Woran reibt sie sich dermaßen?

Wäre sie an ihrer Stelle gewesen, sie hätte einen marmornen Briefbeschwerer oder eine chinesische Vase in dieses sich selbstbespiegelnde Gesicht geschmissen, sie hätte anders gemalt, niemals auf diese fade, brave Art. Es gab doch auch vor hundert Jahren Maler, die ihre Farben hinschmetterten, die das Blau vom Himmel jubelten und deren Menschen aus Blut waren.

Wer dermaßen Wehrlosigkeit darstellt, fordert das Geschlagenwerden heraus.

War es das, woran sie dachte, als sie meinte, Anja Belleton stelle ein Opfer dar, es geschehe ihr ganz recht, an einen Macho wie Felix zu geraten; sie müsse entweder die Ellenbogen gebrauchen oder untergehen.

Es war Mama, die anders war als die andern Mütter, die ihr beigebracht hatte, die noch spitzen Ellenbogen zu gebrauchen, ihre zierliche, weißgekleidete Mama.

Mama hatte sofort begriffen, was es für Simone bedeutete, als der Zirkus wegzog und mit ihm die glänzenden Pferde, der schwarze Panther und die Akrobatin im Glitzerkostüm: lebendig gewordene Traumfiguren.

Hatte der schwarze Panther sie nicht angeschaut, nur sie und kein anderes Kind. Beim Einschlafen waren seine leuchtend grünen Augen da, sie träumte diese Augen, erwachte weinend, weil sie weg waren.

Die Zirkuswelt wäre ein Widerschein der Schönheit, des Lebens, eine Ahnung von der Idee, die hinter der Realität stehe, hatte Mama gesagt. Daß wir schon mit dem Wissen um diese Idee zur Welt kämen, uns danach sehnten. Darum könnte das Auge sie im Zirkus wiedererkennen, darum empfänden wir Glück, Liebe. Mama hatte getröstet, hatte gemeint, Leere folge bloß zu heftigen Gefühlen, sei dazu da, vom nächsten Glück gefüllt zu werden.

Diese Malerin hat bezeichnenderweise keine Tiere gemalt: nicht die spielenden Muskeln, den Puls unter der Haut, die Bewegungen,

den sinnlichen Glanz. Sie muß davor zurückgescheut sein, das Lebendige anzufassen.
Sie will nicht mit dem Lebensgefühl einer Frau rechten, die Generationen vor ihr zu leben hatte. Aber kann es falsch sein, diese Liebe, dieses Eintauchen in das Leben auch von einem Bild aus dem vorigen Jahrhundert zu erwarten, was anderes wäre denn Kunst?
Und weil sie seit ihrer Kindheit weiß, wie eine Akrobatin im weinroten Kostüm auf dem Pferd aussieht, kann sie mit dieser faden weißen Bürgerin nichts anfangen. Sie hatte sein wollen wie diese Frau in Rot: so aufrecht und furchtlos auf dem Rücken des galoppierenden Pferdes. Daß die Frau üben mußte, zweimal täglich, einen ganzen Sommer lang, hatte es ihr als Kind angetan.
Sie wollte stark werden, sie wollte mutig werden, sie wollte sich anstrengen, und sei es beim Lernen, und wußte doch nicht, wozu.

Der hochlehnige, mit Schnitzerei verzierte Renaissancestuhl, der dekorativ in einer Fensternische steht, gehört zur Schloßmöblierung. Selbstverständlich ist er nicht zum Draufsitzen gedacht. Wenn sie sich setzt, kann sie beide Bilder auf sich wirken lassen.

Der Gegensatz zwischen dieser Mutter, die schwer und düster ist, und ihrer eigenen Mama könnte nicht größer sein.
Vor fünfzehn Jahren ist sie daheim ausgezogen, in die Stadt, hat in einem Dachzimmer gewohnt, in dem sie im Sommer fast erstickte und im Winter fror. Anfänglich war sie wöchentlich nach Hause gefahren, dann immer seltener. Mama hatte sie oft besucht, sie zum Essen oder ins Kino eingeladen, sie hatten zusammen Ausstellungen besucht oder Freunde. Dann trennten sich die Eltern, zu ihrer Überraschung. An Vaters neue Familie mag sie nicht denken.
Ist es dies, was sie in den Bildern an den Wänden wiederzuerkennen meint, die Einsamkeit, die sie als Kind empfand, der enge Lebensraum zwischen den Eltern, ein paar Erwachsenen, dem Garten, den Bergen?
Was sucht sie hier?

Vor diesen Bildern ist sie mit den beiden Frauen, mit denen nichts sie verbindet, gestanden. Die Sätze über die Komposition, die kontrapunktische Verteilung von Schwarz und Weiß, über die daraus folgende Vergröberung der Perspektive, hallen in ihr nach.
Wieder sieht sie, wie Margot Brehm aus

perlgrau umrandeten Augen schräg an ihr vorbeiblickt, bewußt und beleidigend.

Sie fühlt Cecile Belletons gehetzten Atem in ihrem Nacken. Wo war in diesem Moment Anja Belleton? Tochter und Mutter, hell und dunkel. Hatte sie nicht versucht, sich diesem Atem zu entziehen, sich nicht in seinen Rhythmus einschwingen zu lassen. Hatte sie nicht flüchtig gedacht, dies sei nicht bloß die strahlende Hotelbesitzerin, die Mäzenin, die Bilder für eine Ausstellung zur Verfügung stellt, auch nicht nur die Mutter, die sich im Auftritt ihrer Tochter sonnt, sondern eine Frau, die Angst hat?

Sie war zu sehr befangen gewesen in ihrer eigenen Verletztheit, Närrin oder Kurtisane, um aufmerksam genug zu sein, war von einer falschen Perspektive ausgegangen.

Jetzt sieht sie es klar: die Stimmung vor diesem Bild war nicht ihretwegen so verkrampft gewesen. Die Spannung war von Cecile Belleton ausgegangen. Sie versucht, sich deren Parfum in Erinnerung zu rufen, ein unüblicher Duft, weder blumig noch süß und keinesfalls Moschus, keiner der bekannten Gerüche. Ein Duft nach Wald, wilden Erdbeeren, vielleicht auch nach Waldmeister, reizvoll.

Es ist ein Duft, der sie an ihre Kindheit erinnert; Mama hatte ähnlich gerochen nach langen Waldspaziergängen, bei denen sie nach Brombeeren gesucht hatten und Hagebutten.

Bis zum Kindergarten war sie nicht mit andern Kindern im Dorf zusammengekommen, das war einfach so. Sie unterschied sich auch äußerlich von ihnen. Ihre Kleider waren aus weicherem Stoff als die der andern Kinder, und die Farben stimmten nicht, Dorfkinder trugen keine hellgrauen Pullover. Heimlich befühlte sie ihre Kleider, fand sie schön. Die Kinder redeten Wörter, die sie nicht verstand, Kefen zum Beispiel. Sie lachten sie aus: sie meine, sie sei etwas Besseres und wisse nicht einmal, was Kefen seien.

Mama, die doch so viel wußte, kannte das Wort auch nicht, sie hatte auf Hühnerfedern getippt, Papa dachte an Frösche und lachte, vielleicht gebe es so etwas wie Kefen gar nicht. Schließlich erfuhr Mama am Telefon, daß es sich um eine Art Bohnen handle, bloß seien sie breiter, das einzigartig Bekömmliche sei der bittere Geschmack. Darauf hatte Anton, der den Garten besorgte, Kefen anzupflanzen.

Kefen hatte sie gehaßt, es war auch ein häßliches Wort, wie Käfig, Gefängnis.

Das hatte das weitere ausgelöst.
Gellend laut hatte Paul gelacht, ganz nah hatte er sein weißes Gesicht an das ihre geschoben, sie konnte seine Haut riechen, säuerlich, Schicksenkind, gellend.
Das Wort hatte ihr den Atem abgeschnürt. Die Kinder waren näher gekommen, bedrohlich nah. Sie hatten gestarrt, als wäre sie eine Bremse, gleich würden sie zuschlagen. Sie hatten Josef vorgeschoben, den kleinen Josef, den Schwächling, und Paul hatte gesagt, sie müsse Angst haben vor Josef. Sie könne sich nicht wehren, wenn Josef sie jetzt zusammenschlage, und sie alle würden zuschauen.
Es hatte ihr angst gemacht, weil niemand ein Wort sagte, und sie hatte sich geschämt. Doch dann war die Wut in ihr hochgestiegen. Sie schämte sich, weil sie sich eben geschämt hatte.
Sie war kleiner als Paul. Sie haßte sein Gesicht, seine Nase, die braunen schrägstehenden Augen, den gespitzten Mund, die strähnigen Haare, das durften sie nicht mit ihr machen, niemand durfte das. Sie hatte sich aufgereckt, hatte Josef beiseite geschoben, hatte sich vor Paul aufgepflanzt. Sie war Mamas Tochter, Mama war die Feenkönigin im Märchen, sie selber war der Ritter, und Paul

war der Drache. Mit Worten hatte sie ihn getroffen, spitz und gemein. Wurm, Weiberschmecker und Katzenquäler hatte sie ihn genannt. Einen, der sich zuerst waschen müsse. Wenn er ihr weh tue, würde sie ihn zwischen die Beine treten. Paul war zurückgewichen. Energisch war sie zwischen den Kindern durchgegangen, die hatten sie gehen lassen. Dann hatte sie sich beschmutzt gefühlt, hatte geweint.

Sie sitzt auf dem geschnitzten Stuhl, schaut durch das Bild hindurch.
Abends im Bett starrte sie jeweils ins Dunkel, mit trockenen Augen, man durfte auch im Bett nicht schwach werden. Es gab eine gute Geschichte, die sie wie einen Film ablaufen lassen konnte:
Sie saß mit Mama und Papa am Eßtisch bei einem Nachtessen mit Kerzen in den Silberleuchtern und Schokoladenpudding auf dem Tisch. Papa faltete die Serviette und sagte, er und Mama seien nicht ihre wirkliche Eltern, sie sei adoptiert. Sie war so froh in ihrem Traum, sie erinnert sich noch jetzt an das Gefühl. Sie war nicht Mamas Tochter, sie hatte sich mit Recht gewehrt. Die Angst vor Paul und den Kindern fiel ab, es gab keinen Grund, sie zusammenzuschlagen.

Ganz mitleidig schaute sie in ihrem Traum auf Mama, weil diese niemandes Mutter war.

Im Traum war sie auf eine Leiter geklettert, die Kinder standen im Kreis darum, sie rief, man könne sie nicht auslachen, sie sei gar keine Fremde, sei eine Hiesige wie sie, und dann verdrosch sie Paul.

Träume müssen nicht stimmen, sie wußte es sogar im Traum.

Papa lächelte mit Pantheraugen und sagte, ja, das stimme, entfernt sei sie aber doch mit ihm verwandt.

Sie brauchte diesen Traum, um am Morgen den Schulweg zu überstehen. Sie wußte, daß sie nie mehr jemandem trauen würde, auch Papa und Mama nicht; ihretwegen konnte das Lächeln der andern jederzeit zu Pauls fiesem Lachen werden. Sie mußte sich in acht nehmen.

Sie bemühte sich, zu sein wie die andern Kinder, zu lachen, zu reden wie die andern. Sie fühlte, daß sie nicht dazugehörte. Das durften die andern nicht mehr bemerken.

Sie würde einen Beruf erlernen, in dem niemand sie beschimpfen könnte, in dem Leute wie Paul, die dann Männer wären, zu ihr höflich sein müßten, sonst kriegten sie Haue.

Als Mama wegging, hatte sie da gemeint, Mama hätte all die Jahre um ihren Kummer gewußt?

An jener Vernissage wäre ihr schwindlig geworden, hier vor diesem Bild.

Sie hätte die drei angesehen, Dieters Frau, Rüeggs Frau, Belletons Frau, die gleichzeitig Anja Belletons Mutter war. Sie hätte die geschminkten Augen in den gestrafften Gesichtern gemustert, die modellierten Figuren unter den teuren Kleidern. Gerade wegen der gefärbten, gestylten Haare hätten sie wie zerzauste Katzen gewirkt. Sie hätte zu lachen begonnen, einfach losgeprustet. Seien wir doch ehrlich zueinander, sagen wir laut, was wir voneinander halten. Ob sie nicht begriffen, daß es in diesen Bildern nichts zu entdecken gebe. Die Malerin wäre nun einmal eine langweilige Frau gewesen, hätte nichts anderes als durchschnittliche Bilder malen können.

Leise, mit sich unvermittelt überschlagender Stimme hätte sie gezischt, kratzen wir einander doch die Augen aus, wenn uns danach zumute ist. Es wäre ein Happening, eine Performance.

Was wäre schon zu verlieren?

Sie sollten sich doch einmal umsehen, niemand wolle irgend etwas von ihnen. Wer

hier sei, meine bloß ihre Männer.
Die Frauen hätten erschrocken gestarrt, ein Stilbruch. Sie muß betrunken sein, hysterisch auf jeden Fall. Gleich würden sie ihre nichtssagenden Sätze von sich geben.
Sie liefe durch die Ausstellung, auf den Ausgang zu, über den polierten Steinfußboden; gerade weil sie sich dermaßen ärgerte, nähme sie sich in acht, nicht auszurutschen.
Dies ginge gut bis zur Wendeltreppe mit dem Hanfseil anstelle eines festen Geländers. Unsinnigerweise geriete sie auf die schmale Stufenseite an der Innenwand der Schnecke, knickte um auf den hohen Stöckelabsätzen, griffe ins Leere und stürzte, jemand wäre hinter ihr.
Ihr Fuß wäre gebrochen oder verstaucht, jedenfalls käme sie in einer Rumpelkammer zu sich. Der Hauswart, der auch der Gärtner wäre, kümmerte sich um sie.

Sie erwacht auf dem hartkantigen Renaissancestuhl, als jemand sie am Arm faßt. Sie denkt, die Augen öffne ich, wenn ich mir sicher bin, was los ist. Sie fühlt mit den Händen die geschnitzten Seitenlehnen, sie hört eine Männerstimme: Bitte, Sie können hier nicht sitzen; dies ist kein Wartesaal; wachen Sie auf, Sie sitzen auf einem antiken Stuhl.

Sich nur nicht bedrängen lassen. Sie umfaßt die Stuhllehnen fester, öffnet langsam die Augen, sieht in helle Augen.
Sie träumt nicht, es sind die Augen des Gärtners aus dem Traum. Sie hat sie schon vorher einmal gesehen, während der Vernissage. Jetzt ist sie wach. Vor ihr steht ein Mann, möglicherweise ist er groß, breitschultrig, sie sieht nur sein Gesicht.
Sie entschuldigt sich, es sei nicht ihre Gewohnheit, in Ausstellungen einzuschlafen. Sie stützt sich auf die Armlehnen des Stuhls, bewegt vorsichtig beide Füße, spürt erstaunt, daß nichts gebrochen oder verstaucht ist, steht auf. Sie muß zu ihm aufsehen, er steht viel zu nah.
Sie stellt sich vor, sie heiße Wander, sie habe ihn schon auf der Vernissage gesehen, ob er im Schloß arbeite.
Jetzt müßte er sich ebenfalls vorstellen.
Ist sie enttäuscht, daß er nicht sagt, er sei der Hauswart, der Gärtner, noch ein Schloßangestellter, daß er bloß seinen Namen nennt: Marchi.
Sie fragt sich, wie ein Mann, der nicht wie ein Kunsthistoriker oder ein Feuilletonjournalist wirkt, zweimal in eine derartige Ausstellung gerät.
Ob er sich beruflich mit Kunst beschäftige,

daß er an einem Samstagmorgen die Ausstellung einer eher unbekannten Malerin besuche. Sie habe ihn schon an der Eröffnung gesehen, ob er auch im Konzert in der Kapelle gewesen sei.

Seine Antworten sind abweisend knapp, er war hier, er hat nicht beruflich mit Kunst zu tun. Darauf läßt sich nichts erwidern.

Warum hat er sie geweckt, wenn er jetzt nicht mit ihr spricht? Ein Kauz. Sie sucht in seinem Gesicht. Er wirkt nicht verkrampft, hält sich locker, wirkt trainiert, gesund, trägt Jeans, durchschnittliche Laufschuhe, ein sauberes Hemd, über den Schultern einen grünen Pullover.

Sagte sie ihm jetzt, sie hätte von ihm geträumt, er hätte sich um sie gekümmert, als sie stürzte, er müßte annehmen, sie sei verrückt, durchtrieben oder dumm.

Sie fühlt sich erröten beim Gedanken, er könnte es gewohnt sein, daß Frauen ihn auf diese Weise ansehen, wie sie es eben tat, die Einsilbigkeit nur seine Art, aufdringliche Frauen abzuwimmeln.

Sie ärgert sich.

Schon hat sie sich abgewendet, geht dem Ausgang zu, zielstrebig. Sie hat die Bilder gesehen, erinnert sich daran, daß Zeno im Auto wartet.

Die Napoleonstanduhr in der Ecke der Eingangshalle zeigt knapp elf Uhr. Sie grüßt zur Frau hinter der Theke. Sie war nicht lange hier. Heute nachmittag wird sie das Hotel Sternberg aufsuchen. Sie ist sich jetzt sicher, diese Anja Belleton hat eigenartig auf den Fall Mossing reagiert.
Zeno begrüßt sie wie immer mit freudigem Hecheln und heftigem Wedeln seines kurzen Schwanzes. Es wird ihm gut tun, sich etwas zu bewegen, wenn er nachher noch einmal eine halbe Stunde im Heck des Autos verbringen muß.
Sie gehen zwischen Weide und Schloßmauer. Zwei Kühe setzen sich gemächlich in Bewegung, trotten schwerfällig nebenher. Sie bleibt stehen, krault der einen die flache Stirn. Die graue Zunge fährt hoch, sucht nach Salz zwischen ihren Fingern. Sie bückt sich, reibt die Hand an einem Grasbüschel sauber. Sie liebt den moosigen Kuhgeruch. Der Weg führt jetzt von der Mauer weg zum Wald hinauf.
Schlagartig steht Zeno gespannt, mit aufgestellten Ohren, gesträubtem Rückenhaar. Sie blickt sich um, sieht weit und breit keinen Menschen, die Kühe grasen ruhig. Zeno knurrt, starrt gegen das Ende der Wiese zum Wald hinauf, dann umkreist er sie eng,

die Haare gestellt, wittert. Sie fühlt sich bedroht, so angriffslustig war der Hund noch nie. Mit Unbehagen überlegt sie, daß sie hier sehr allein ist.
Fuß, Zeno, wir müssen zurück. Sie reißt sich zusammen, um nicht einfach loszulaufen, sie hat Angst.
So nicht. Es muß augenfällig sein, daß sie bloß ihren Hund trainiert: rechtsum, Fuß. Zeno wittert. Sie will ihn nicht ablenken. Paß auf, leise gezischt der Warnruf. Er muß sie schützen. Die Pistole liegt im Handschuhfach des Wagens. Der steht abgeschlossen unten auf dem Parkplatz. Sitz und Front, gib Laut, ein hartes Bellen. Zeno knurrt drohend. Sitz und bleib. Sie muß sich etwas von Zeno entfernen, zehn Schritte, zwanzig Schritte. Sie steht still mit Blick gegen den Hund, kann unauffällig den Waldrand und die Rückseite der bewachsenen Mauer beobachten. Da, sie hat es gewußt wie Zeno: von einem der Baumstämme hebt sich die Silhouette eines Mannes ab. Sie fühlt ihre Zunge, die über die Schneidezähne fährt. Es ist nicht verboten, sich hinter einem Baumstamm zu verstecken. Wäre nicht Zenos Verhalten, sie fühlte sich nicht bedroht.
Zeno, Fuß. In schnurgerader Linie läuft Ze-

no auf sie zu. Wie sie erwartet hat, verschwindet der Mann hinter dem Stamm. Zeno drängt sich bei Fuß, kläfft angriffig. Auch er scheint den Mann geortet zu haben.
Fuß, Zeno, wir laufen zurück. Sie setzt sich in Trab, Zeno zur Seite, nicht zu schnell, es muß nach Übung aussehen. Die Kühe zotteln hinterher.
Sie laufen am Pförtnerhaus vorbei, erreichen den Parkplatz.
Aufmerksam beobachtet sie die Umgebung. Paß auf, Zeno, schon knurrt er wieder, stellt die Ohren, wittert, sucht mit dem Blick die Gegend ab. Die Heckklappe hoch, hopp Zeno. Einsteigen, die Türen verriegeln, den Zündschlüssel drehen, vorsichtig in den Weg einbiegen, der vom Schloß wegführt, niemand schießt, jetzt einspuren in die Zufahrt zur Autobahn, niemand ist hinter mir, die Straßen sind leer.
Im Autoradio ertönt ein Lied von Brassens. Sie schüttelt sich, sucht im Rückspiegel Zeno. Das war kein Verfolgungswahn, auf Zeno ist Verlaß. Zu fahren, auf das Chanson zu hören und genau zu wissen, etwas zu übersehen.
Irgendein Fehler ist ihr unterlaufen. Er wird Folgen haben, sonst hätte sie jetzt

nicht dieses beengende Gefühl. Auf jeden Fall darf sie nicht so kopflos zum Hotel Sternberg fahren.
Es eilt nicht. Wer zwingt sie, in einer halben Stunde dort zu sein. Ebensogut kann sie in Bolnau die Fahrt unterbrechen, ein Sandwich essen, eigentlich hat sie Hunger. Schon zweigt sie in die Ausfahrtspur Bolnau, sie kennt die Autobahnstrecken.

Sie liebt es, auf der Terrasse des Splendid in Bolnau an einem der kleinen Tische zu sitzen. Hier kennt sie sich aus. Sie hat ihren Orangensaft getrunken, gabelt das knackige Grünzeug ihres Clubtoasts, sie schätzt die Radieschen darin und die Zwiebelringe, trinkt noch einen Tee und schaut den promenierenden Touristen zu – schön. Zeno schläft unter dem Tisch.
Sie ist zufrieden: sie mag es, einfach irgendwo zu sitzen, als hätte sie Ferien. Zeit zu haben, keinen Zwang zu spüren, sich den Luxus zu leisten, einer nebulösen Idee nachzugehen, aus bloßem persönlichen Interesse. Ihre Arbeit hat sie erledigt, den Bericht abgeschlossen, sie ist frei. Frei ist sie auch in ihren Beziehungen, freier denn je.

Mit dem Mittelfinger schiebt sie die Krümel

auf der rosaroten Tischdecke zusammen und auseinander, zusammen und auseinander, unbewußt, schaut auf den See, wo sich die Segelboote zur Regatta formiert haben, sieht sie nicht, sucht in ihrem Innern ein Muster wahrzunehmen, einen Gedanken zu fassen, der greifbar nah ist und sich dem Zugriff entzieht, wie Rauch, schiebt Krümel und schaut auf ihren Fingernagel.
Daß sich die Menschen wie Schattentänzer zueinander gruppierten, einander fänden und sich wieder voneinander lösten, an Orte gebunden und an Zeiten oder auch nicht, daß die Zeitebene vielleicht durchlässig wäre, daß einige, die sich scheinbar zufällig träfen, eng zusammengehörten, daß nicht sichtbar sein könnte, was letztlich die Menschen bewegt, daß eine andere Logik als die lineare die wesentliche wäre.
Ihr Erleben ist subjektiv, auf sich bezogen. Aber vielleicht relativiert sie dies zu sehr, sucht zu sehr nach anderen Beweggründen als ihren eigenen. Vielleicht sollte sie einmal davon ausgehen, daß sie, Simone, als Person zentral wäre im Kreis der Menschen, denen sie begegnet.
Wenn die scheinbar unwesentlichen Zufälle Absicht wären, sie spürt, wie sich der eine Mundwinkel hochzieht, sieht den blauen

Himmel, atmet die frische Luft, fühlt das Lachen der Närrin.

Nehmen wir einmal an, da sei ein mir unbekannter Mann meinetwegen zu dieser Vernissage gekommen, hätte mich dort beobachtet. Er wäre so gut über mich informiert, daß er hätte sicher sein können, ich käme heute wieder. Vielleicht läse er meine Gedanken, einfacher wäre, er würde mir folgen. Dann hätte es ihn gestört, daß ich eingeschlafen bin – erschreckt hält sie inne. Sie hat sich auf einen antiken Stuhl gesetzt und ist eingeschlafen. Das ist doch verrückt. Noch nie ist sie einfach irgendwo eingeschlafen, und dies, ohne daß sie sich müde oder erschöpft gefühlt hätte.

Nein, sie regt sich jetzt nicht auf.

Welche Möglichkeiten gibt es: logisch, schön der Reihe nach?

Ihr vegetatives Nervensystem wäre aus dem Gleichgewicht geraten, durch einen Schock – könnte ein Schock sich nicht auch langsam vorbereiten, so daß ein Nichts, eine kleine beleidigende Szene, ihn auslöste? Darauf hätte sich ihr Verhalten etwas verrückt. Hat sie sich denn nicht vollständig unter Kontrolle, sie fühlt sich doch hellwach?

Daß es eine Schockreaktion wäre, daß sie ihr

Selbstbewußtsein übermäßig mobilisierte, eine Überlebenstechnik. Woran denkt sie beim Einschlafen? Denkt sie nicht, sie leide erstaunlicherweise nicht an gebrochenem Herzen, ihr Herz sei aus Bergkristall und habe eine neue, reizvolle Maserung erhalten?
Oder aber, jemand hätte sie hypnotisiert. Sie möchte lachen, doch sie fühlt eine Enge in der Brust. Das ist nicht möglich. Sie hat niemanden gesehen. Es hat sie zu diesem hell-dunklen Bild gezogen, sie ist dort in Gedanken versunken, in die Zeit ihrer Jugend abgetaucht und eingeschlafen; da war die Erinnerung an den Gärtner aus ihrer Kindheit, der eine entfernte Ähnlichkeit hatte mit dem Gärtner aus dem Traum. Dessen Augen wiederum waren jene dieses Herrn Marchi, der sich seinerseits recht eigenartig benommen hat. Daß er ausgerechnet an diesem Morgen wieder in der Ausstellung war!
Oder aber, daß es vom Bild ausgegangen wäre. Im Bild läge eine einschläfernde Wirkung, eine Magie. Längeres Betrachten brächte eine bestimmte Gehirnfrequenz zum Schwingen. Dieser Gedanke ist eher belustigend, aber sie will ihn trotzdem weiterverfolgen.
Beim Sich-Versenken in das Bild würde

man zum Beispiel auf dieser Farbschwingungswelle aus der Zeit herausgeholt, glitte in die Zeit der Malerin zurück. Ob man dann bloß in die Problematik ihrer Biografie gestürzt würde, wäre eine weitere Frage.
Nein, dies führt nicht weiter.
Aber angenommen, sie nimmt sich, Simone, als zentralen Punkt, um den sich alles bewegt. Dann könnten auch die zwei Personen, von denen sie und Zeno sich bedroht fühlten, und sie ist jetzt sicher, daß es zwei gewesen sein müssen, ihretwegen dort gewesen sein. Fragt sich nur, ob sie an ihr als Person oder an der Untersuchungsrichterin Simone Wander interessiert sind.
Der einzige hängige Fall, bei dem noch Fragen offen sind, ist dieser Unglücksfall Mossing. Damit hat sie nichts mehr zu tun.
Das kann aber kaum jemand wissen.
Der Fall Mossing läßt sie nicht los. Längst schon hat er ein Eigenleben gewonnen. Dabei hatte es kaum noch Spuren gegeben, die sie hätte weiterverfolgen können. Hatte nicht bloß ihr Perfektionismus sie daran gehindert, abzuschließen?
Nichts als unmöglich ausschließen. Auch nicht, daß es andere als formelle Gründe gewesen wären, weswegen Felix diesen Fall an sich genommen hat. Es läge eine Dimension

darin, die sie nicht kennt. Und es wäre kein Unfall gewesen. Das Verschwinden von Beweismaterial kein Zufall.

Nehmen wir einmal an, nicht ich stünde im Mittelpunkt, sondern der Fall Mossing.
Sie zögert, fühlt die Gefahr.
Sie sollte sich einen letzten Espresso bestellen. Gleich um die Ecke ist eine Buchhandlung; sie könnte sich ein Buch für das Wochenende besorgen, oder zwei, ein Psychologiebuch und einen Roman.
Auch hätte sie Lust, eine Pastete zu backen oder einen Gewürzkuchen. Sie könnte gegen Abend noch schwimmen gehen und anschließend wieder einmal im Tanzclub so richtig tanzen.
Wenn ihre Gedanken zu Mossing abschweifen, ist dies das eine. Sollten jedoch ihre Überlegungen nur ein Körnchen Wahrheit ans Licht bringen, wird es gefährlich. Dann ist jede Notiz dazu eine Notiz zuviel. Sie kann ihr Mind-Map auch mit dem Fingernagel in das Tischtuch kerben. So hat sie es vor Augen, doch außer ihr kann es niemand lesen.
Mit dem Fingernagel des Mittelfingers kerbt sie ein M ins Rosarot und umkreist es. Ein Schrägstrich nach oben rechts, darüber

Felix, von Felix weg drei Striche, Kt (kriminaltech.), Ko (Kompetenz), AB (Anja Belleton/Opfer). Schon steht der Name Sternberg unten in der Mitte.
Wie immer fasziniert das Entstehen des klaren Musters.
Da der Verbindungsstrich von Sternberg zu M eigenartig wirkt, da Schloß Eschen doch eher dazugehört, kommt oben links das Eschen zu stehen. Dazu gehört dieser Ma (Marchi). Zu Eschen gehört Cl (eine ganze Clique von Leuten), aber auch Mal (Malerin/Opfer), das gibt wieder eine Verbindung zu Sternberg, logisch, zu AB, klar, dazu die Bilder: hell-dunkel/Por (Selbstportrait).
Mama hatte ihr einmal ein Malbüchlein mitgebracht, in das weder gezeichnet noch gemalt wurde, die Seiten waren mit Buntstift zu überstreichen. Aus der weißen Fläche erschienen hervorgezaubert Figuren, Gringuljete, das Roß mit den roten Ohren, Parzival im Narrenkleid, Sigune mit dem Brackenseil.
Und wo steht sie selber? Zu Eschen gehört auch die Bedrohung und, sie erschrickt: zwischen ihr selber und jedem einzelnen Stichwort gibt es einen ganz direkten Bezug, nicht nur, weil sie alles denkt, sondern ganz real.

Es gehört sich nicht, im Restaurant eine Tischdecke zu verkerben. Sie bedeckt das Bild mit der Hand, während sie den Espresso bestellt, prägt sich die Zeichnung ein, glättet die Kerben mit dem Daumennagel.

Mama ist in Paris, und Simone hat niemanden, mit dem sie sich besprechen könnte, der Einwände brächte oder zustimmte, einen, der neue Gedankengänge hätte oder einen andern Blickwinkel. Einen Partner, der einem Halt gäbe, der zuhörte. Einmal sich irgendwo anlehnen zu dürfen.
Vertrauen in jemanden ist nicht dasselbe, wie mit einem Menschen abenteuerliche Hypothesen zu prüfen, die nur zu leicht wahr sein könnten. Für beides ist niemand da.
Falls jemand mit ihr ein Spiel zu spielen versuchte, würde er diesen Mangel miteinbeziehen: sie ist allein. Er würde nur insofern mit dem verheirateten Liebhaber rechnen, als der sie von einer neuen Beziehung abhält, in ihrer Bewegungsfreiheit hemmt.
Falls jemand ihr Verhalten vorauszuberechnen sucht, hat sich diese Komponente verändert: sie ist frei. Schon die Möglichkeit, daß sie wieder in den Tanzclub geht, andere Menschen trifft, wird gerade ein guter Be-

obachter nicht bedacht haben. Ebenso wird sie abends nicht mehr auf Abruf zu Hause sein. Das wird erst später auffallen. Auch Dieter wird es bemerken.
Wußte Dieter nicht über jeden ihrer Schritte Bescheid, während über seine Arbeit, über seine Freizeit nicht geredet wurde? Hat sie das unter Gesprächspartner verstanden, unter Unterstützung, Dieters sanfte, allgegenwärtige Beratung? Gehört nicht Dieter im Mind-Map als doppelter Schatten hinter sie?

Noch etwas ist ihr entgangen. Sie bemerkt, daß sie es rasch beiseite wischen will. Sie ruft nach der Bedienung, bestellt einen weiteren Espresso.
Hier sitzt sie auf der Terrasse des Splendid in Bolnau, Frau mit Sonnenbrille. Die Blicke der Passanten gleiten über sie hinweg, sie gehört ins Bild. Es ist aber nicht selbstverständlich, und sie hat es lernen müssen, allein in einem Restaurant zu sitzen. Früher hat sie dazu eine Zigarette geraucht. Zeno unter dem Tisch ist nicht zu sehen.
Diese Malerin, deren Werk so bald schon vergessen wurde: war das Entscheidende in ihrem Leben nicht die künftige Krankheit, die Lähmung? Die Frau, die sich in ihren

Selbstportraits so überhöht dargestellt, die in ihrem Hell-dunkel-Bild die Rollen so klar verteilt hatte, würde danach kein einziges Bild mehr malen, da sie keinen Pinsel mehr zu halten vermochte. Zwanzig Jahre lang wurde sie von ihrer Mutter gepflegt. Die Mutter hat sie überlebt, in Armut. Schauderhaft vor dem Hintergrund dieser Bilder.
Wie ist es möglich, daß die Einsamkeit der beiden Frauen hier schon mit Händen zu greifen ist?
Diese grauen Augen, die Krankheit und Schmerzen vorwegnehmen. Mamas Augen, meine Augen.
Als Untersuchungsrichterin trifft sie selten auf Menschen, die unter Leidensdruck gestanden haben bis zum Realitätsverlust, bis zur Tat. Sie hat gelernt, sich nicht durch Geschichten rühren zu lassen, sich keine Gefühle zu leisten. Sie hat ihren Beruf nicht gewählt, um Leiden zu lindern. Sie will Unrecht verhindern oder Ausgleich schaffen.
Sie hat versucht, einen Halt zu finden gegen die Verletzbarkeit, die sie als Erbe mitgekriegt hat. Sie hat sich eine feste Welt aufgebaut aus Gesetz und Gerechtigkeit und Macht, eine steinerne Welt gegen die Tränen in ihrem Innern.
Sie will dazugehören. Sie will sich in festge-

legten Koordinaten bewegen wie die andern, will zeigen, daß sie hinter den Regeln steht, die für alle gelten. Ein nützliches Glied der Gesellschaft.
Kein Opfer sein wie die Malerin, die infolge eines Nachtbubenstreichs gelähmt wurde. Ein merkwürdiges Wort. Ob es Frauen waren, die es als Synonym für Vergewaltigung gebrauchten, dem männlichen Selbstverständnis jener Zeit folgend, überdeckend, was zur Zerstörung führte? Etwas anderes kann es kaum gewesen sein, denn sonst wäre einer der Biografen darauf zu sprechen gekommen.

Anders zu sein.
Damit hatte Mama auch ihr Weggehen erklärt. Immer wieder ganz auf sich selber gestellt zu sein. Zu wissen, allein zu sein und auf niemanden vertrauen zu können.
Fast alle Verwandten von Großvater sind verhaftet, deportiert, im Lager umgebracht worden. Großvater hatten sie nicht erwischt, er hatte mit Mama noch rechtzeitig fliehen können.
An Großvaters Hand in einer Gruppe fremder Menschen stumm durch den Wald zu eilen, über Wurzeln zu stolpern, den Mond zwischen Baumkronen zu sehen, Mondlicht

hieß Tod. Geduckt durch das schmale Wiesental zu laufen, wo es möglich war, daß Hunde sie ansprangen.

Es ist jene Nacht voller Angst, die Mama an sie weitergegeben hat, die Trauer ist auch in ihren Augen zu lesen. Sie hat sich davor in die Welt der Fakten geflüchtet, als richtende Närrin.

Leise schnalzt sie mit der Zunge. In ihrem Mind-Map muß sie einen Kreis um Anja Belleton ziehen wie um den Namen Mossing, den zweiten Brennpunkt. Sie hat keine Wahl, sie muß diesem spinnwebdünnen Gedanken zu folgen versuchen.

Weil sich ihr Gedankenmuster wie von selbst in Kreisen um den Toten legte, sind die Zusammenhänge zu dicht, als daß es noch ein Unfall sein könnte.

Dagegen ist ein einfaches Beziehungsdelikt nicht auszuschließen. Besser ins Muster paßt jedoch die Annahme eines genau geplanten Mords. Die Verknüpfungen lassen auf einflußreiche Kräfte im Hintergrund schließen. Wem nützt es? Ist es nicht immer die gleiche Frage, die sich bei ihren Untersuchungen stellt?

Macht und Gewalt, Täter und Opfer und Anja Belleton, die ebenfalls die Züge eines Opfers trägt. Sie kann sich vor dem Besuch

im Hotel Sternberg nicht drücken.
Sie reckt ihr Kinn, richtet sich auf. Sie liebt die Herausforderung. Mag sein, daß sie zuweilen auf Distanz geht, daß sie zaudert, mit Vernunftgründen das Unerklärliche zu begreifen sucht. Diese Eigenart hatte sie schon als Kind.
Als einer der Buben Sand über seine Schildkröte schüttete und erst aufhörte, als sie ihn mit Erde und kleinen spitzen Steinen bewarf, da war er ihr nachgerannt. Später hatte sie in ihrem Notizheft eine Liste von Gründen für etwas so Gemeines wie Tierquälen erstellt; erstaunlich daran war die Unterteilung in entschuldbare und unentschuldbare Motive. Doch befriedigend war diese Unterscheidung nicht, und unter ihre Liste hatte sie geschrieben, es genügt nicht, daß man versteht.
Diesmal wäre sie allerdings schon froh, zu verstehen.
Sie blickt auf die Uhr, halb zwei. Sie bezahlt. Die Kellnerin erkundigt sich lächelnd, ob sie Frau Wander sei. Am Empfang sei ein Brief für sie abgegeben worden.
Der Piepser in ihrer Handtasche war auf Empfang gestellt. Sie wird also nicht beruflich gesucht.
Jemand muß sie beobachtet haben. Auf das

Kommen und Gehen auf der Terrasse hat sie nicht geachtet. Suchend blickt sie über die hier sitzenden Gäste. Die meisten trinken Kaffee oder essen eine Nachspeise, Torte, Eis. Keiner darunter, der offensichtlich aus der Rolle fällt. Dies scheint ein Tag der Überraschungen zu sein.

Auf dem Briefumschlag aus Umweltpapier steht in zügiger Schrift ihr Name: Frau Dr. Simone Wander, Untersuchungsrichterin, persönlich.

Wer etwas von ihr will, soll ihr in die Augen sehen. Sie spürt ihren Widerwillen, ein unsauberer Vorgang. Sie kann sich dagegen wehren, indem sie den Brief nicht hier und jetzt öffnet.

Schon hat sie beschlossen, zu ihrem Auto zu gehen, ihn dort zu lesen, doch dann wird sie sich der Gefahr bewußt.

Solange sie hier drin unter Menschen ist, ist sie einigermaßen geschützt.

Beim Öffnen denkt sie: ich werde schreckhaft. Es könnte doch ein Verehrerbrief sein mit Sätzen über blaue Augen. Sie zieht ihr Spottgesicht: Galgenhumor.

Eine Briefkarte und die Fotokopie eines Stadtplans. Die Schrift erscheint ihr vertraut, ein Warnbrief. Sie werde beobachtet, sei in Gefahr, solle keinesfalls zum Hotel

Sternberg fahren, solle ihn, Marchi, an der beiliegenden Adresse treffen, jetzt gleich und unauffällig, sie könne ihm vertrauen.
Ausgerechnet vertrauen. Sie fragt sich, wie er mit Vornamen heißen mag, A., gleichzeitig bemerkt sie, wie ihre Zunge über die Lippen fährt.
Also war es heute morgen kein Zufall.
Jetzt müßte sie etwas zu ihrem Schutz unternehmen, müßte jemanden orientieren. Es ist gefährlich, denen zu trauen, die sich als vertrauenswürdig anpreisen. Ein vernünftiger Mensch geht nicht auf einen heimlichen Brief hin an einen unbekannten Ort.
Doch der Brief ist auch der Beweis, daß tatsächlich etwas um sie herum vorgeht, daß sie nicht Wahnvorstellungen ausbrütet.
Ihre Erleichterung zeigt ihr, daß sie insgeheim an ihrem Verstand gezweifelt hat – ein blödsinniger Tag.

3

Mit Zeno bei Fuß verläßt sie das Splendid durch den Seiteneingang, biegt in die belebte Fußgängerzone ein, eilt an den langgestreckten Schaufenstern der beiden Modehäuser vorbei, ein kurzer Blick auf die neuen Herbst- und Wintermodelle, ocker, jägergrün und aubergine, etwas langweilig.
Wie weit kann sie diesem Brief trauen? Jeder kann behaupten, er heiße Marchi und sie zu einem dringlichen Treffen bestellen.
Deutlich sieht sie das Mind-Map vor sich, Mossing als zweiten Brennpunkt. Wenn es Mord war, ein Mord, der zudem dermaßen geschickt vertuscht wurde, dann wird man dafür sorgen, daß sie die Wahrheit nicht herausfinden kann. Der Brief könnte ein Köder sein, um sie in die Falle zu locken. Marchi mag ihr sympathisch sein, aber wer beweist ihr, daß die Gefahr nicht von ihm ausgeht. Umgekehrt, wenn Marchi vertrauenswürdig ist, wird man sie nicht daran hindern, mit ihm zusammenzutreffen?
Und wer ist man?

Wieder fragt sie sich, wen sie einweihen könnte. Nicht Dieter, das hat sie abgehakt. Sie biegt in die Seitenstraße Richtung ihres geparkten Autos ein. Es wurmt sie, zu denken, daß es Dieter war, der sie darin bestärkte, den Fall Mossing widerstandslos und unbürokratisch an Felix abzugeben. Hat Dieter sie nicht, wenn er so harmlos redete, scharf beobachtet? Sie wäre die Närrin gewesen, die sich als Frau begehrt gefühlt hätte, ohne zu bemerken, daß es ein Spiel war, in dem sie benutzt und gegängelt wurde. Doch wessen Spiel und zu welchem Preis? Selbst wenn es kein Spiel war: Dieter würde mit seiner Frau über sie lachen, mit Dieter will sie nichts mehr zu tun haben – er scheidet aus.

Am Samstag sind die Polizeiposten unterbesetzt. Ab Freitag um vier Uhr beginnt für die Verwaltung das Wochenende. Sie kann jetzt nicht die überlasteten Beamten in Bewegung setzen, nur um feststellen zu lassen, wer dieser Marchi ist.
Falls ihr Verdacht stimmt, daß die Unterlagen zum Fall Mossing auf versteckte Anweisung von oben beiseite geschafft wurden, dann fragt sich, auf wen innerhalb des Polizeikorps überhaupt Verlaß ist. Und sollte

dieser Marchi sauber sein, wäre es das verkehrteste, seinen Namen ausgerechnet der Polizei preiszugeben. Wenn sie an Freunde denkt, auf die sie sich verlassen könnte, fallen jene weg, mit denen sie beruflich zu tun hat: Silvie, Hubert, Jürg, Felix sowieso.
Privat kennt sie in Bolnau einzig Marianne, die ehemalige Studienkollegin, verheiratet mit Arnold, dem Unterstufenlehrer, drei Kinder. Sie gehört heute zu jenen Frauen, die entweder eben beim Apfelmus-Kochen oder im Mutter-Kind-Turnen zu finden sind.
Mit Zeno zwängt sie sich in die nächste Telefonkabine.
Unter Verrenkungen sucht sie nach der Nummer, um gleichzeitig zu beobachten, was draußen vor sich geht. Arnold ist daheim. Kühl und eher abweisend teilt er mit, Marianne sei eben weggegangen, er erwarte sie nicht vor fünf Uhr zurück.
Bleibt Wachtmeister Sutter, dem sie vertraut, weil er einen gesunden Menschenverstand hat und durch den Beruf nicht zynisch geworden ist. Falls man sie beiseite schaffte, würde er das zumindest nicht auf sich beruhen lassen: er würde der Sache nachgehen.
Bei Wachtmeister Sutter meldet sich die

kratzende Stimme seiner Frau, der Anrufbeantworter ist eingeschaltet. Sie erinnert sich, an dienstfreien Wochenenden unternimmt er mit ihr und Kollegen auf Bergbächen Wildwasserfahrten. Nach dem Piepston orientiert sie ihn, sie sei unterwegs: Schloß Eschen, Bolnau, Hotel Sternberg. Sie treffe einen Marchi. Er höre wieder von ihr. Er wird sich seinen Reim darauf zu machen wissen.
Für alle Fälle hätte er einen Anhaltspunkt.
Sutter wird nicht vor Sonntag abend heimkehren. Kein Problem, solange es bloß eine Vorsichtsmaßnahme ist.
Was aber, wenn ihr etwas zustößt? Sutter würde dies kaum vor morgen abend bemerken. Sie lächelt schief, wie tröstlich.

Sie wird die Reihenfolge umkehren. Mit dem Auto sind es von hier zum Hotel Sternberg gut zwanzig Minuten. Sie wird dort eine Tasse Tee trinken, nicht mehr. Sie wird um halb fünf Uhr wieder zurück sein und diese Adresse aufsuchen.
Was könnte es sein, das sie vorher wissen müßte?
Auf Marchis Briefumschlag schreibt sie Wachtmeister Sutters Adresse, nochmals einen Blick auf Karte und Stadtplan, hinein-

gesteckt und so gut es geht wieder zugeklebt – beim nächsten Briefkasten frankiert sie ihn und wirft den Umschlag ein.
Der Tränengasspray steckt irgendwo zuunterst in der Schultertasche. In ihrem Citroen schiebt sie ihn griffbereit ins Seitenteil. Sie nimmt die Pistole aus dem Handschuhfach, wo diese sowieso nicht hingehört, sie ist gesichert. Die Pistole steckt sie ebenfalls in die Handtasche. Das genügt.
Während der Fahrt dem hier zwischen den Bergen eingeklemmten, schieferfarben glänzenden See entlang vergewissert sie sich im Rückspiegel, ob sie nicht verfolgt wird. Sie weiß, daß man sie elektronisch überwachen könnte. Doch dann hätte sie es mit Profis zu tun. Langsam fährt sie auf der rechten Spur, eingekeilt zwischen Wohnmobilen, einem Pferde- und einem Schiffstransport.
Eben hat sie zum Überholen angesetzt, als sie plötzlich, ohne zu überlegen, auf die rechte Fahrspur zurücklenkt, das Tempo schubweise abbremst, den Verkehr hinter und neben sich beobachtend, bereit, auf alles zu reagieren. Eigenartigerweise leuchtet auf dem Armaturenbrett kein Alarmlicht auf, doch dieses fast unmerkliche Vibrieren und Rütteln, vorne rechts muß es sein, schon hat sie den Blinker angetippt, die Alarmblinker

ticken, schon rollt sie auf dem viel zu schmalen Randstreifen, hält. Die Autos sausen an ihr vorbei.

Die Richtungspfeile auf den Markierungspfosten weisen nach vorn, also stellt sie den Motor wieder an, lauscht auf sein dumpfes Tuckern, rollt vorsichtig auf dem Streifen in Richtung des nächsten Ausstellplatzes mit Notrufsäule. Wenn nur kein Auto sie rammt.
Der Kieferkrampf löst sich.
Sie steigt aus. Erstaunlicherweise sind alle vier Reifen in Ordnung. Nichts als Einbildung also? Ironisch denkt sie, daß ihr eine derartige Intuition gerade noch gefehlt hat.

Zeno winselt im Heck. Es ist heiß im Auto; sie kurbelt das rechte Hinterfenster herunter. Diese Fahrt ist ein Spontanentschluß gewesen, vielleicht war er falsch.
Jetzt sitzt sie da und begreift nicht mehr, weshalb sie nicht einfach zu diesem Marchi gegangen ist.
Sie hat ihn gesehen, er war mürrisch, kauzig vielleicht; aber er hat ihr auf den ersten Blick gefallen. Ob von da her ihr Vorbehalt rührt?
Eigenartig, der Moment, in dem sie aus dem Traum erwachte und sie vor sich sah, die Augen aus ihrem Traum.

Sich über die Zeiten wegzubewegen, auf jemanden zu, den man früher gekannt hat. Einer inneren Uhr entsprechend, die genau den jetzigen Zeitpunkt und den Ort anzeigt. Unweigerlich in diesen Moment zu gehen. Leise schnalzt sie mit der Zunge.
Möglicherweise ergeht es ihm ähnlich. Vielleicht kann sie ihm wirklich vertrauen.
Also kehrt sie jetzt um, diesen Marchi zu finden.
Sie fährt eher langsam. Sie kennt sich nicht von dieser Seite, haßt Unschlüssigkeit. Sie hat es versucht, sie wollte ohne Umweg nach dem Hotel Sternberg fahren, sie tut das jetzt offensichtlich nicht.
Sie spurt in die nächste Ausfahrt ein, dann links und über die Autobahnbrücke, jetzt die enge Schlaufe in die Einfahrt Richtung Bolnau, sie fährt zurück. Im Gegenlicht liegt der See bleiern, ein Wind kräuselt die Wasserfläche, färbt sie noch dunkler.
Sie hat sich die Lage auf dem Stadtplan einigermaßen gemerkt, in Bolnau zum Splendid, von da an der Fußgängerzone vorbei Richtung Bahnhof, jetzt der Bahnübergang, doch hier erwischt sie nicht die richtige Straße, um zum angezeichneten Haus zu gelangen. Sie stoppt vor einem Fahrradweg und fährt schließlich im Netz der Einbahn-

straßen, die als solche natürlich auf dem Plan nicht zu erkennen waren.

Endlich parkt sie den Citroen in einiger Entfernung, muß zu Fuß gehen. Der Spaziergang dem Kanal entlang unter den sich gelb färbenden Platanen tut auch Zeno gut. Ölgrün strömt das Wasser. In den letzten Tagen müssen in den Bergen Gewitter niedergegangen sein. Sie tritt aus dem Schatten in die Sonne, es ist drei Uhr nachmittags, noch ist es sommerlich heiß.

Eben geht sie über die besonnte Brücke, blickt vergnügt ins schnell strömende Wasser, als sie den scharfen Hieb am Arm spürt, meint, ihr Arm werde weggeschlagen, taumelt. Durch den Verkehrslärm hört sie zwei Schüsse, oder ist es ein knallender Auspuff? Niemand außer ihr scheint darauf zu achten. Schon läuft sie los, schlägt einen Haken über die Fahrbahn, Zeno dicht an ihrer Seite, hat das Ende der Brücke erreicht, jetzt wieder zurück auf die andere Seite, ein Auto bremst, und der Fahrer schaut sie empört an. Sie weiß, wo sie ist. Hier die Stufen hinunter zum Fahrradweg, die paar Schritte dem Kanal entlang, sie ist immer noch ungedeckt, denkt, heute jogge ich schon zum zweiten Mal, diesmal mitten in

Bolnau. Die Tasche schlägt bei jedem Schritt gegen ihre Hüfte, Zeno hechelt nebenher. Im Laufen betastet sie den Oberarm, die Jacke ist zerrissen, der Arm schmerzt bei der Berührung, der Schmerz hört nicht mehr auf, sticht.
Hier, die Mauer muß die Grenze des Grundstücks sein. Sie lief jetzt in der Deckung der Mauer, in die in regelmäßigem Abstand Eisenringe eingelassen sind, jetzt Steinsockel, das muß das Eingangstor sein. Sie hat keine Zeit, am rostigen Klingelzug zu ziehen, zu warten. Sie stößt den einen Flügel des Tors auf, helles Sonnenlicht blendet sie. Und wenn das mit dem Brief doch eine Finte gewesen ist?
Rasch zieht sie das Tor hinter sich zu, steht auf einem mit Kopfstein gepflasterten Weg. Glasflächen von Treibhäusern und Treibbeeten blenden, sind zum Teil mit Schilfmatten abgedeckt. Das im Plan angekreuzte Gebäude steht unten am Wasser zwischen Bäumen, ein zweistöckiges, verblaßt rosarotes, mit Reben bewachsenes Riegelhaus. Schon eilt sie den abschüssigen Weg hinunter. Im Laufe zieht sie die Jacke gerade. Zeno hechelt, blickt sie an. Er würde zuerst erschossen.
Haltung. Sie muß Atem holen, betastet den

heftig schmerzenden Arm. Sie überwindet sich zurückzublicken, zum Tor. Noch ist niemand zu sehen. Jetzt läuft sie wieder, jederzeit bereit, sich zwischen die Treibhäuser zu flüchten. Sie erreicht die einschüchternd gepflegte Gartenanlage mit altem Busch- und Baumbestand, verlangsamt den Lauf.
Mit raschen, auf dem geharkten Kies knirschenden Schritten geht sie über den runden, von Buchsbaumhecken gesäumten Platz. Friedlich, gleichsam als Auge, liegt in seiner Mitte ein ovaler Springbrunnen.
Die Fensterläden sind schräg ausgestellt. Neben den Eingangsstufen zur Haustür wachsen üppige Hortensienbüsche mit puderroten Dolden.
Sie steht vor der massiven Tür, liest «Handelsgärtnerei G. Baertz», in schwarzer Frakturschrift auf einem weißen Emailleschild, zieht am Messinggriff des Glockenzugs. Als sie den Kopf dreht, meint sie, weiter oben zwischen den Glashäusern eine Bewegung wahrzunehmen. Sie kann nicht warten, dreht fieberhaft am Türknauf, die Tür läßt sich öffnen. Rasch tritt sie ein, Zeno dicht an der Seite.

Sie steht in einer Eingangshalle mit Ziegelboden und lauscht, als eine getigerte Riesenkatze sich fauchend auf Zeno stürzt. Ein wüstes Gebalge beginnt, ein sich Verknäueln und Verbeißen, ein Knurren und Fauchen, Kläffen und Winseln.

Sie schreit «Pfui» und «Fuß, Zeno» und schlägt mit der Tasche auf die Tiere ein, versucht die Katze zu treffen, denn Zeno ist kein Katzenmörder, könnte an den Augen verletzt werden.

Eine kleine Frau mit nach hinten gebundenem Haar in Pullover, Hose, und blau karierter Küchenschürze stürmt aus einer Tür, ist weg, ist wieder da mit einem Handfeger und schlägt und stößt und versucht, die Tiere zu trennen. Endlich, mit einem Satz, löst sich die Katze, zwirbelt noch einmal in Zenos Richtung, buckelt mit gesträubtem Fell und gebleckten Zähnen, ein Prachtsexemplar. Zeno fügt sich endlich, setzt sich mit zitternden Flanken.

Sie steht in einer schmalen, von einem wuchtigen dunkeln Schrank beherrschten Eingangshalle, sieht mehrere Türen, eine Treppe, einen langen Garderobenspiegel, Stiche. In der Mitte die kleine Frau, das Kinn gereckt, die hellbraunen Augen streng auf die Eindringlinge gerichtet. Verwirrt bemerkt Simone den Leuchter aus einem Hirschgeweih, der von der Decke hängt. Wie

von einem Schiffsbug schaut ein pausbackiges Frauchen sie an, ein Meerweibchen mit runden bloßen Brüsten, ausgebreiteten Armen, einem Geweih anstelle des Fischschwanzes. Sie vermag die Augen von der Erscheinung kaum zu lösen.
Von dieser Frau geht keine Gefahr aus. Es ist Simone peinlich, hier zu stehen. Der Arm schmerzt stechend. Sie weiß nicht, ob er blutet, ob Blut auf die ziegelroten Fliesen tropft. Panik steigt hoch.
Bitte verschließen Sie die Tür, da draußen ist jemand, bitte.
Ungläubig meint die Frau, sie komme einfach so herein mit einem Hund, ob sie jemanden suche.
Nur nicht hinsehen.
Sie sei verletzt, jemand habe geschossen, sie sei hier verabredet.
Jetzt fühlt sie das Lachen in sich aufsteigen, lacht und lacht.
Sie sieht die Frau einen Schritt nähertreten und noch einen, weiß nicht, geht diese so langsam oder nimmt sie die Dinge verzögert wahr. Sie hebt ihre Hand und betrachtet neugierig das glänzende Blut. Normalerweise sind es die andern, die bluten.
Gaston, schreit die Frau, Gaston, komm, und endlich ist sie an der Haustür, schiebt

einen Riegel, legt eine Kette vor, ist wieder an ihrer Seite, Gaston!
Sie sind verletzt, Ihnen ist nicht gut, kommen Sie in die Küche, da habe ich alles.
Mit dem Fuß stößt die kleine Frau den Kater weg. Zeno drängt sich an sie, winselt leise.

In der geräumigen Küche auf einer Bank zu sitzen, als säße sie im Fischbauch der Meerjungfrau, sich wiegen zu lassen in einer dunklen Höhle, Jonas zu sein und nach Ninive geschwommen zu werden.
Sie schreckt auf, als die Frau im Singsang des Dialekts meint, sie sei bei den Samaritern gewesen. Es scheine eine Fleischwunde zu sein, bös sehe sie aus, ob man wohl nähen müsse. Sie hat ihr die Jacke ausgezogen, den Ärmel der blutgetränkten Bluse aufgeschnitten, weiß und rot die Wunde, ein Streifschuß.
Der Kaffee sei noch warm. Ein Glas Kaffee mit Zucker und Kirschwasser könne nicht schaden.
Sie will dieser Frau vertrauen, sie muß ihr vertrauen können.
Zeno erhebt sich, knurrt, gibt Laut. Hinter ihrem Rücken hat jemand die Küche betreten. Mein Mann, sagt die kleine Frau, Gaston, es ist etwas geschehen.

Steif dreht sie sich um, sorgsam darauf bedacht, den Arm nicht zu erschüttern.
Ein hagerer, weißhaariger Mann nähert sich dem Tisch, langsam, leicht vornübergebeugt, auf einen Stock mit Silberknauf gestützt, sagt, sie müsse Frau Wander sein, Emerita, offensichtlich seine viel jüngere Frau, solle die Fensterläden öffnen, hier drinnen sei es dunkel.
Die Frau geht behend zum Fenster, stößt die Läden auf. Blendend hell fällt das Sonnenlicht herein, und als auch das zweite Fenster offensteht füllt sich die Küche mit dem warmen Duft nach Rosen und Fluß.
Simone sieht sich in der Unterwäsche in einer großen, blitzblanken Küche sitzen, ein Küchentuch unter ihrem immer noch leicht blutenden Arm, das eine Hosenbein blutverschmiert, Jacke und Bluse auf einem Küchenhocker.
Wäre nicht Zeno, der sich an ihr rechtes Bein schmiegt, dem sie die Hand auf den struppigen Kopf legt, dessen intensive Wärme sie fühlt, sie müßte gleich mit einem Lachen über einen so realistischen Traum erwachen.

Sie träumt nicht: die Bezugspunkte in ihrem Leben haben sich verschoben.
Wie kann dieser unbekannte alte Mann da-

stehen und lächelnd sagen, er habe sich schon Sorgen gemacht, Gott sei Dank sei nichts passiert.

Er sieht doch ihren Arm, er muß verrückt sein.

Nein, jetzt gilt es die Dinge zurechtzurücken: Es müsse eine Untersuchung eingeleitet werden, sagt sie. Als erstes wolle sie die Polizei benachrichtigen, Schußwaffengebrauch mit Verletzung, unbekannte Täterschaft. Der Polizeiwagen könne sie gleich zu einem Arzt bringen.

Der Mann nickt leicht, ja, ja, das müßte natürlich gemacht werden. Vielleicht sei es aber besser, nichts zu melden. Sie müsse zuerst mit ihnen reden.

Verrückt. Sie ist vertrauensvoll hierher gekommen. Sie hat das Risiko auf sich genommen, Roulette. Daran, daß wirklich auf sie geschossen werden könnte, hat sie nicht geglaubt. Die Gefahr, von der Marchi schrieb?

Andres Marchi sei sein Stiefsohn, Biologe. Er arbeite an einem Buch über Gartenkultur. Sie könne Andres vertrauen.

Hätte er nicht diese hellen Augen, sie meinte, in das Gesicht eines alten Indianers zu blicken, die gespannte Haut über den hohen Wangenknochen, die Adlernase, der

schmale Schädel mit der gewölbten Stirn.
Nach einer Pause meint er, wenn sie nach dem Schützen fahnden lasse, werde es für sie noch gefährlicher, sie stecke in einer verwickelten Geschichte. Sie solle sich gut überlegen, was sie unternehmen wolle. Er schweigt.
Sie hört die Schritte, Zeno beobachtet, bleibt ruhig. Sie weiß, daß Marchi die Küche betreten hat, wendet sich nicht um.
Sie will diese Einstimmung nicht. Sie will nicht das Ziehen im Sonnengeflecht, den sich beschleunigenden Puls, und fühlt doch, wie ihre Züge sich entspannen, wie sie zu strahlen beginnt.
Die Frau tritt zu ihr, legt ihr eine frisch gewaschene grüne Bluse um. Nein, sie wendet den Kopf nicht, als Marchi neben sie tritt, schaut ihn kühl an, so sieht man sich wieder.
Daß es ein Traum wäre. Daß sie sich in eine Gärtnerei verirrt hätte, die ein Fischbauch wäre, daß sie in nachtdunkler Tiefe leise zu schaukeln begänne, durch verzauberte Gärten mit dunklen Taxushecken und lichten Gehölzen.
Wenn sie sich nicht zusammenreißt, werden ihr gleich die Tränen hochsteigen – der überstandene Schreck.

Sie fühlt sich geborgen.
Er steht vor ihr, begrüßt sie mit einem etwas festen Händedruck. Sie sieht von unten sein eckiges Kinn, einen geschwungenen Mund, schmale Nasenflügel.
Sie hört seine Stimme, er ist erleichtert, daß sie hier ist.
Anscheinend ist er als Biologe für Wunden zuständig. Als er den kleinen dunkeln Blutsee auf ihrem Arm wegtupft, die Wunde reinigt, Wundränder begradigt und aneinanderlegt, mit einem Pflaster fixiert, in Stichworten von seinem Leben erzählt, meint sie, ihn auch in Gedanken reden zu hören.
Daß er Biologe ist, weiß sie. Jetzt erfährt sie, daß er für seine Firma, die Chemihold, in Südamerika tätig war, in der Zeit des Bürgerkriegs. Sie erfährt von seiner Verletzlichkeit, seiner Trauer, daß er davon genug hat, Wasserträger der Mächtigen zu sein.
Sie sollte die Einsatzzentrale anrufen, doch sie spürt, wie sie entspannt und müde wird. Sie sieht das Lächeln in den Augen, denkt, es sind hypnotische Augen, fühlt die Küche sich drehen, den Schrank, schwanken und sich entfernen, die Gesichter verschwimmen, sie klammert sich fest am Gesicht dieses Marchi.
Sie denkt, ich bin zäh. Ich lasse mich von

dem Blut nicht beeindrucken, schon gar nicht von dem eigenen. Sie kämpft gegen die Schwäche, während die Küche sich dreht und dreht. Der einzige Ruhepol bleibt Marchi.

Sie wäre im blutenden Bauch des Fisches geschwommen und hätte gehört, was draußen vor sich ging, denn sie wäre ja von dort gekommen, aus Krieg, Bosheit, Sinnlosigkeit. Und ausgerechnet in der Tiefe hätte sie es leise vernommen, das alte Lied vom Licht und der Welt, die einzig zusammenhält, weil die zwei Pole sie umspannen.

Die Frau, die seine Mutter ist, brüht Tee auf.

Da war doch jemand im Garten. Sie erinnert sich an die Bewegung, die sie gesehen hat.

Der alte Mann hatte gemeint, eine Polizeiuntersuchung würde alles nur verschlimmern. Wo leben wir denn? Ihr Blick sucht das Gesicht mit den klugen Augen. Sie denkt, man müßte die Spuren aufnehmen, irgendwo müssen sich Einschußstellen zeigen. Und sie sieht sich wieder auf der linken Seite der Brücke gehen, fühlt den Schlag, sieht sich den Haken schlagen über die Straße, sieht sich laufen. Der Schuß muß von hinten, von der Uferpromenade, gekommen sein. Man müßte die Promenade absuchen, den Garten. Sie ist schläfrig und muß sich entscheiden. Sie ist Untersuchungsrichterin. Sie weiß doch, was zu tun wäre.

Für wen halten sie diese Leute, wenn sie denken, sie könnten über sie bestimmen? Man müßte kühl und etwas von oben herab mit ihnen reden, im Ton, den sie für schwierige Sitzungen wählt.

Marchi sagt, sie könne telefonieren, jemanden benachrichtigen, den sie kenne. Allerdings brauche man nicht zu wissen, daß er, Andres Marchi, auch hier sei, das vermute niemand.

Der Oberarm schmerzt, steckt jetzt bis unter den Ellenbogen in einem kunstgerechten Deckverband.

Was Marchi sagt, bewegt sich außerhalb der Realität.

Da sitzt sie mit hochgelagerten Beinen auf einem weichen, mit hellblauem Samtstoff bezogenen Kanapee, trägt eine grüne Bluse, die nicht ihr gehört, und hört drei fremden Menschen zu, die ihr erzählen, ein Profikiller hätte auf sie geschossen und sie nur durch Zufall verfehlt.

Der Mann heiße Janos Pfeindler, sagt Marchi, er sei bei der Chemihold als Sicherheitsmann angestellt. In Südamerika habe er Pfeindler kennengelernt. An der Vernissage habe er ihn wiedergesehen.

Es sei Zufall, daß er vorübergehend von einem Kollegen die Pförtnerwohnung von Schloß Eschen übernommen habe. Wohnung und Schloß unterstünden der Bundesverwaltung, der Gutsbetrieb sei Eigentum des Distrikts. Der Kollege arbeite im Ausland an einem dreijährigen Forschungsvorhaben von Bund und Industrie.

Schloß Eschen könne als Musterbeispiel für die Verflechtung von Industrie und Staat, Kultur und Forschung gelten. Personelle Vernetzungen würden durchaus angestrebt. Rengg gehöre zur Kulturstiftung Schloß Eschen, darum sei er bei der Vernissage gewesen. Brehm habe als Stiftungspräsident von Amtes wegen geredet. Dazu Belleton, der Freund, Sammler und Gönner.

Ein Zusammentreffen wie an der Vernissage sei Öl im Getriebe, die Bestätigung, daß alles laufe wie eh und je: Renggs Firma – staatliche Forschungsaufträge – die Auswertung der Forschungsergebnisse in privaten Labors – Exportsubventionen und Kredite – die Abstimmung von Handelspolitik und Wirtschaftsinteressen – die Errichtung von Kulturstiftungen, um Steuern zu sparen.

Marchi hat selber noch vor zwei Jahren gleichzeitig für den Staat und für die Chemihold gearbeitet. Zweien Herren zu dienen sei solange kein Problem, als er deren Interessen teile. Als ihm klar wurde, daß dies nicht mehr zutraf, habe er sich daraus lösen müssen.

Am Tag der Vernissage sei er mit Gartenarbeiten beschäftigt gewesen. Dabei habe er die Ankunft der Gäste beobachtet. Einige habe er erkannt, sei es als Prominenz, sei es aus seiner früheren Arbeit.

Er hatte auch sie hineingehen sehen, sie habe etwas Schwebendes, Schimmerndes an sich gehabt. Jenes strahlende Licht, an dem er karmische Beziehungen erkenne, Menschen, die er seit jeher zu kennen glaube, die, wie sich dann zeige, wesentlich zu seiner Biografie gehörten.

Und dann habe er Pfeindler bemerkt und gewußt, daß dieser im Auftrag da sein müsse.

Sie sollte ihn unterbrechen, sich diese Vermengung von Phantasie und Realität gar nicht anhören. Zugleich befürchtet sie, er wisse sehr genau, was sie denkt.

Als Biologe sei er gewohnt, Dinge, die zunächst verrückt klängen, einfach hinzunehmen und zu sehen, ob sie sich zumindest als

Arbeitshypothese verwenden ließen. Sie solle doch versuchen, es ebenso zu halten.

Er spricht vom unsichtbaren Energiefeld, das jeden Menschen umgebe. Darin drückten sich sein Wesen, seine Gedanken, Gefühle und Empfindungen aus. Wir seien gewohnt, es Sympathie und Antipathie zu nennen, je nachdem, wie die Felder in Berührung kämen. Man könne die Augen trainieren, dieses Feld als Farbe, als Struktur wahrzunehmen.

Er sei in der Kapelle zur Empore hochgestiegen, habe durch das Sichtgitter verdeckt gestanden, welches früher die Nonnen vor neugierigen Blicken schützte, und die Muster beobachtet, die zwischen den Menschen entstanden, sich wieder auflösten oder auch stehenblieben.

Die Gefühle, die die Veranstaltung überlagerten, seien so stark gewesen, daß die Anwesenden nicht zu einer gleichgestimmten Einheit gefunden hätten.

Entweder er legt sie herein, oder er ist ein begabter Hellseher. Er beschreibt das Störfeld, an dem sie teilhatte. Von ihr ging eine Verbindung zum Referenten, aber nicht umgekehrt. Der richtete sich vor allem auf Rengg von der Chemihold aus, dessen Frau nur auf sie, die Untersuchungsrichterin.

Er beschreibt die Störungswirbel, die von Felix ausgingen und seine Überraschung, daß nicht, wie erwartet, Rengg im Brennpunkt des Interesses gestanden habe, sondern die Referentin und sie, die Untersuchungsrichterin. Hin und her hätten sich die Fäden gespannt, pausenlos.
Janos Pfeindler sei kurz aufgetaucht und vor Ende des Konzerts wieder verschwunden. Erstaunlicherweise sei dessen Aufmerksamkeit ziemlich genau den Gedankenbahnen gefolgt, die er sah. Das bedeute, daß Pfeindler entweder ein Naturtalent oder in dieser Art des Sehens geschult sei. Man dürfe dies nicht außer acht lassen. Offensichtlich sei er auf sie, Simone Wander, aufmerksam geworden.

Sie fröstelt. Möglicherweise ist Marchi wirklich telepathisch begabt. Janos Pfeindler hat sie nicht gesehen.
Damals habe Pfeindler Rengg nach Südamerika begleitet, zu dessen Sicherheit. In Renggs Gesprächen sei es um Absatzmärkte gegangen, um Impfstoffe, Düngemittel und Pestizide. Die Vorteile hätten auf beiden Seiten sein können, ein Ruhmesblatt. Ausgestiegen war Marchi beim Verkauf von Blutgerinnungsmitteln, die in Europa noch

nicht zugelassen waren, weil die klinischen Tests fehlten – für die einen eine Formalität, für ihn eine Gewissensfrage, aber er sei der Sache nicht weiter nachgegangen. So wie er sich in Eschen nicht um die Freilandversuche mit Neuzüchtungen kümmere, die aus Genmutationen hervorgegangen seien. Ein Gutsbetrieb wie Eschen, der immer schon Züchtungserfolge getestet habe, falle nicht auf.

Damals, als er aus Südamerika zurückgekommen sei, habe er sich geschworen, sich nie zum Gralshüter des Guten aufzuschwingen, sich nicht mißbrauchen zu lassen, sein Wissen nicht, und auch sein Gewissen nicht abzugeben, sich aber auch nicht in Machtkämpfe hineinziehen zu lassen. Gäbe es ein Gutes, würde es sich auch ohne ihn durchsetzen. Es ist Schicksal, wenn die Menschen einander betrügen und ermorden. Niemand wartet auf mich, um sich von irgend etwas abhalten zu lassen.

Man kann sehr gut leben, ohne zu wissen, wer an den Fäden zieht, was wie ineinander vernetzt ist, wer wen zerstört. Es hätte ihm genügt, wegzugehen, sich künftig mit einem Gebiet zu beschäftigen, das keine ethischen Entscheidungen verlangt. Und er habe auch nicht die Absicht, etwas anderes zu

tun, als sein Buch über Gartenkultur zu schreiben.
Sie hört ihm zu wie gebannt, sieht vor sich den Garten als den von einzelnen Menschen der willkürlichen Zerstörung entzogenen Bereich, die Abgrenzung dieses Bereichs gegen Tiere, gegen Naturgewalten. Sie vermag seinen Gedanken zu folgen, begreift, daß er sich mit dem Bedürfnis des Menschen befaßt, den Boden zu pflegen, nicht bloß um der Nutzung willen, sondern um Schönheit mit der Natur gemeinsam hervorzubringen, die ästhetische Gestaltung des umfriedeten Bereichs als schöpferischer Grundzug des Menschen.
Wieder läßt sie sich einwiegen in Vorstellungen von Garten- und Parkanlagen, drängt die sie überwuchernden üppigen Blumenbeete zurück, ruft sich zur Ruhe mit dem Bild des pflegenden, ordnenden Menschen, des Gärtners.
Ihr Bild habe ihn verfolgt, habe sich in seine Gedanken gedrängt, in unterschiedlicher Gestalt sei sie durch seine Gärten gegangen. Träumt sie oder spricht er, und die Frau und der Mann hören mit?
Als er sie an diesem Morgen zum Schloß kommen sah, habe er sich gefreut, sei ihr nachgegangen, um mit ihr zu reden, habe

darauf gewartet, daß sie sich von den beiden Bildern löse.
Er hätte sie sich auf diesem geschnitzten Gobelinstuhl sitzend vorgestellt, da hätte sie sich schlafwandlerisch zu diesem Stuhl bewegt, sich darauf gesetzt, sei eingeschlafen. Unabsichtlich müsse er sie hypnotisiert haben.
Aus dem Augenwinkel bemerkt sie, daß der alte Mann lächelt. Sie sieht auf das Pendel der Wanduhr, hin und her, zu eigenartigen Leuten ist sie geraten. Die Uhr zeigt kurz vor fünf, Zeit, hier wegzugehen.
Sie meint: Ich war benommen, jetzt fühle ich mich besser. Ich würde gerne telefonieren.
Marchi setzt sich neben sie. Sie solle sich noch einen Augenblick gedulden: Heute morgen, als er mit ihr in der Ausstellung redete, habe er, kurz nur, durchs Fenster jemanden im Schloßhof gesehen, der wie dieser Janos Pfeindler aussah. Er habe keine Gelegenheit gehabt, ihr irgend etwas zu erklären. Der Mann sei verschwunden, und sie habe er erst wieder gesehen, als sie mit dem Hund in ihren Wagen gestiegen sei.
Später, während sie im Splendid gesessen sei, habe er Pfeindler wiederentdeckt, wie er sie beschattete. Daraufhin habe er ihr den Brief zukommen lassen.

Nein, sie hat jetzt keine Lust mehr, weitere Erklärungen zu hören. Sie muß rasch handeln, vor allem muß sie endlich weg von diesen Leuten. Dieser Marchi muß blind sein. Es ist Anja Belleton, die in Gefahr ist. Sie hat es von Anfang an gewußt: sie ist ein Opfer. Da wird ein Spiel gespielt. Anja Belleton muß etwas über den Tod von Bernhard Mossing wissen, etwas, das Felix Siegenthaler zu verdecken sucht.
Es sei Zeit, ins Hotel Sternberg zu fahren. Sie habe vor, dort eine Tasse Tee zu trinken, sich umzusehen. Sie danke für die Gastfreundschaft und für die Betreuung.
Weder den beiden Baertz noch Marchi ist sie Rechenschaft schuldig.
Sie fühle sich gut, die Tablette wirke, den Arm spüre sie kaum mehr. Zunächst gehe sie auf den Polizeiposten, erstatte eine Anzeige, erbitte eine Polizeipatrouille in die Nähe des Hotels Sternberg. Marchi werde vielleicht als Zeuge vernommen.
Die Zeit drängt. Sie muß sehen, was sie für Anja Belleton tun kann. Es spielt keine Rolle, daß dieser Marchi auf sie sympathisch wirkt. Seine Überlegungen klingen eigenartig. In ihrem Beruf darf sie sich nicht von Sympathien leiten lassen.
Sie benötigt auch keine Begleitung.

4

Neben Marchi zu sitzen und gefahren zu werden. Ihn von der Seite anzusehen, die große Nase, das unverhältnismäßig zierliche Kinn, die hohe Stirn, zu wissen, er ist sich bewußt, angeschaut zu werden, seine Aufmerksamkeit für die Straße ist gemimt, und dann? Die Hand, die das Steuer hält, zu berühren, in seine Augen zu lachen?

Andres Marchi hatte sie und Zeno hinausbegleitet, ihr angeboten, sie nach Hause zu fahren, ihr angeboten, mit ihm nur bis Eschen zu fahren, bei ihm zu übernachten, er werde für sie kochen. Er hatte ihr abgeraten, jetzt noch, es war halb sechs, zum Hotel Sternberg zu fahren. Dann hatte er sie zum Hotel begleiten wollen. Doch da war sie schon wütend gewesen. Was maßte er sich an.

Der Tag hatte so gut begonnen: bis er aufgekreuzt war. Er hatte sie hypnotisiert, sie verfolgt, davon abgehalten, direkt nach Sternberg zu fahren. Nahe seinem Elternhaus, in das er sie bestellt hatte, war auf sie

geschossen worden. Aus Gründen, die sich aus seiner Biografie erklären ließen, hatte er einen Verfolgungswahn entwickelt und ihn auf sie übertragen.
Also hatte sie ihm von oben herab erklärt, sie hätte genug von den Unannehmlichkeiten, die sie seinetwegen schon gehabt hätte.
Niemand kann sie davon abhalten, ihre Pflicht zu tun. Verhalten, sich beherrschend, hatte sie beigefügt, sie finde es unverantwortlich, die Menschen Böses tun zu lassen unter dem Vorwand, man könne sie doch nicht daran hindern, oder, falls es gelänge, würde nur ein anderer an die Stelle treten, an den man jetzt noch gar nicht denke. Es erstaune sie, daß auch sein Vater seine Meinung teile: Gärtner seien es doch wie Bauern gewohnt, selbständig zu entscheiden und Verantwortung zu übernehmen.

Sie preßt die Lippen zusammen. Sie fährt in die andere Richtung, sitzt selber am Steuer ihres Citroen, der Arm in der Schlinge schmerzt höllisch, wie Marchi es vorausgesagt hat. Sie hatte das linke Auge etwas zugekniffen, die Backenzähne aufeinandergepreßt und das Kinn gereckt.
Sie hat Marchi abgeschüttelt, auf dem Weg

zwischen den Treibhäusern zum großen Tor hatte sie darauf bestanden, allein mit Zeno zu ihrem Auto zu gehen. Es stimmt zwar, es ist geschossen worden. Doch in solchen Dingen glaubt sie an Schicksal. Entweder, es ist einem bestimmt, in diesem Moment zu sterben, dann kann man sich nicht dagegen schützen. Oder es geschieht einem wenig bis nichts. Sollte sie umkommen, würde dies mit oder ohne Marchi an ihrer Seite geschehen.
Marchi hatte sie schließlich eine Fanatikerin genannt. Leute mit Sendungsbewußtsein müsse man vor sich selber schützen. Doch zuvor hatte er ihr eine Liebeserklärung gemacht: Ich habe mich in dich verliebt, Simone, ich liebe dich.
Später, wenn sie Zeit hat, wird sie diesen Augenblick erinnern. Sie weiß, daß sie ihn ebenfalls liebt.
Er hatte ihre Hand gehalten, sie waren oben vor dem Tor zur Straße gestanden. Unwirklich war es gewesen. Ein Schwarm Stare war über die Mauer geschwirrt, tief über den Treibhäusern in die Bäume unten am Fluß. Bittend hatte er sie angesehen, sie solle jetzt nicht fahren, es sei gefährlich.
Sie hatte sich nicht überreden lassen. Und da hatte er sie eine Fanatikerin genannt.

Man darf nicht einen Mord einfach als Unfall abhaken. Sie steht auf dem Boden des Rechts. Zudem bedeutet ein frei umherlaufender Täter eine Gefahr. Seine Hemmschwelle zu einer weiteren Tat ist herabgesetzt. Er wird sich um jeden Preis wehren, der Entdeckung entziehen.
Sie sieht die zierliche Anja Belleton die Stufen hochsteigen, das Opfer. Sie wird dafür sorgen, daß ihr nichts geschieht.

Sie mäßigt das Tempo, es ist die Strecke, die sie heute nachmittag schon einmal gefahren ist. Der See liegt jetzt in goldenem Dunst zwischen zart umrissenen Höhenzügen, Silhouetten von Birken im Gegenlicht.
Auf dem Polizeiposten von Bolnau hat sie eine Streife angefordert. Nicht, daß dies ein richtiger Einsatz wäre. Die Handhaben dafür sind zu dürftig. Zudem liegen weder Bolnau noch das Hotel Sternberg in ihrem Bezirk.
Der diensttuende Korporal hat ihr den Gefallen gern getan, sie hatte ihm die Sache mit dem Schuß knapp zu Protokoll gegeben: Keine Eile, es genüge, dem am Montag nachzugehen. Vorerst wolle sie sich im Hotel Sternberg umsehen. Vielleicht ergebe sich etwas, vielleicht auch nicht.

Er hat Root und Lissner, die Streifendienst fahren, über Funk verständigt. Sie werden ihre Route ändern, den Citroen bei der Abzweigung Godenwald erwarten, werden ihr dann in einem Abstand von etwa dreihundert Metern folgen, unauffällig. Beim Sternberg sollen sie gut fünf Minuten nach ihr eintreffen, sich draußen umsehen, bis sie spätestens nach zwanzig Minuten zu ihnen stößt. Andernfalls werden sie hereinkommen und nach ihr suchen.
Sie werden sich bewußt sein, daß sie möglicherweise in Gefahr ist, vielleicht verfolgt wird. Sie werden sich diskret verhalten.
Zu dritt werden sie das Hotel Sternberg verlassen, hintereinander zum Ausgang des Tals fahren. Der Streifenwagen wird sie bis Eschen oder bis nach Hause begleiten. Eine Stunde wird diese Übung dauern.
Root und Lissner freuen sich, der Dienst ist eintönig. Als einzige Untersuchungsrichterin ist Simone bei den Polizeibeamten im Distrikt beliebt.

Nein, sie fürchtet sich nicht. Der Tod ist relativ. Die Zeit ist relativ. Es ist nicht so wichtig, wie lang ein Leben dauert. Es ist vielleicht besser, jung zu sterben, solange sie noch lebensfroh ist und neugierig auf die Zukunft.

Der Gedanke erstaunt sie: das Gegenteil von Lebensmut. Oder ist es die Wirkung der Tablette, die sie so gelassen und furchtlos macht?
Sie verläßt die Autobahn.
Sie ist nicht leichtsinnig, das hat sie im Blut. Es ist menschlich, im richtigen Moment davonzulaufen. Was für andere richtig ist, kann für sie jedoch falsch sein. Sie hat Disziplin.
Mama hat sie gelehrt, keine Angst zu haben, wenn es darauf ankommt. Man darf nicht bei denen sein, die sich vor der Macht ducken. Aber verkörpert sie nicht selber die Macht? Wo bliebe das Recht, wenn die Richterin davonliefe, bevor sie richtig hingesehen hat? Wer sollte standhalten, wenn nicht sie?

Schon erreicht sie die Abzweigung Godenwald, und da steht der Streifenwagen mit dem Blaulicht auf dem Dach. Bisher hat sie nichts Außergewöhnliches bemerkt. Hinter der Frontscheibe sieht sie Lissners schmales und Roots flaches Gesicht, die Blicke kreuzen sich. Sie hebt leicht die Hand und fährt vorbei.
Schmal ist die Waldstraße und kurvenreich. Es ist fast unmöglich, daß Autos hier kreu-

zen. Ihr Citroen könnte mit Leichtigkeit gerammt und über den Straßenrand in die Schlucht abgedrängt werden. Sie fährt mit gespannter Aufmerksamkeit, ist jedesmal froh, wenn eine Ausweichstelle in Sicht ist. Die Pistole liegt gesichert auf dem Beifahrersitz. Als sie anhält, um einen entgegenkommenden Jeep vorbeizulassen, bemerkt sie, wie verkrampft sie den Fahrer mustert, er könnte ja bloß aussehen wie ein Bauer mit seinem kurzen Kraushaar, dem enganliegenden grauen Strickpullover mit offenem Hemdkragen, dem Stumpen im Mundwinkel.

Endlich erreicht sie den zur Hälfte besetzten Parkplatz des Hotels Sternberg. Ein paar matt metallisiert glänzende Limousinen mit ausländischen Nummernschildern, wenige unauffällige Mittelklassewagen. Sie nimmt den asphaltierten Weg durch den Park, ab achtzehn Uhr ist es Gästen erlaubt, beim Hotel vorzufahren. Zwischen der etwas verwahrlosten Dependance, ein Store hängt schief, der Verputz blättert, und auf dem Kinderspielplatz bewegen sich einige Spaziergänger. Sie fährt an der Orangerie vorbei, parkt nah beim Hotel, das Heck des Citroen dem Aufgang zugewandt, so wird Zeno von den Passanten weniger gestört.

Sie ist vom Tosen der Wasserfälle überrascht.
Von der Abendsonne versilbert stäubt Gischt
gegen die menschenleere Hotelterrasse, die
schwarz vor Nässe glänzt. Gäste sitzen in der
geschlossenen Veranda. Der Abend ist hier
schon frisch, sie knöpft die von Frau Baertz
geliehene flauschige Strickjacke so gut es
geht über der Armschlinge zu, schließt die
Autotür.
Sie steigt die Freitreppe hinauf, blickt zu
den weiß schäumenden Wasserfällen, meint
in der durch die Tannen aufscheinenden
Felswand das Gesicht des Narren zu sehen –
er lacht sie aus, sie ist in die Falle gegangen.
Der See wirkt von hier aus ganz blau. Sie
betrachtet die Fassade zwischen den Felsen,
unheimlich in der einsetzenden Dämmerung, die schmiedeeisernen Balkongeländer, die Erker. Sie fühlt sich unbehaglich,
denkt, ich wollte doch baden oder tanzen
gehen und laufe vielleicht einem Mörder
ins Messer.
Sie dreht sich, blickt zurück: Noch ist der
Streifenwagen nicht in Sicht.
Sie betritt die menschenleere Empfangshalle, eine geschwungene überdimensionierte
Treppe führt nach oben, Spiegel verwirren.
Gewichtig tickt das Pendel einer Standuhr.
Rechts führt eine mit «Reception» beschrif-

tete Glastür in eine weitere Halle, ein weicher Teppich verschluckt die Schritte, aus einem Lautsprecher gedämpfte Musik – bloß fehlen die Gäste. Allenfalls sitzen sie in der Veranda und auf ihren Zimmern, möglicherweise spazieren sie noch auf den schmalen Wegen des Hotelgeländes.
Sie betritt das Restaurant, setzt sich an einen der vielen freien Tische. Ein Kellner mit graumeliertem Haar schiebt das Glas mit der Zitronenscheibe diskret vor sie hin, füllt es zur Hälfte mit Tonic, erkundigt sich nach weiteren Wünschen. Sie fragt ihn nach Anja Belleton, der Tochter des Hauses. Wird der Blick unter den seidenen Wimpern wachsam? Die junge Frau Belleton sei leider nicht hier, sie wohne auch nicht mehr im Haus, am besten frage sie die Frau Direktor.
Sie weiß nicht, vertraut sie dieser schnurrenden Stimme, diesem honigfarbenen Blick.
Sie stellt sich als Untersuchungsrichterin vor, sie werde sich anschließend mit Frau Belleton unterhalten. Zunächst wollte sie bloß seinen Namen wissen und fragen, wann die junge Frau Belleton zuletzt hier gewesen sei und mit wem.
Sie weiß, sie bewegt sich auf Glatteis: Felix Siegenthaler wird sie zur Rede stellen, wenn er davon hört.

Sie meint, eine leise Veränderung in der Haltung des Kellners zu bemerken. Hat er nicht, während er die Serviette über seinem linken Unterarm zurechtzupft, die Hüfte etwas vorgeschoben, den Bauch eingezogen.
Außer seinem Namen, Jean Hauri, gibt er nichts preis. Aus dem Augenwinkel sieht sie unten auf dem Parkplatz das Polizeiauto in die Parkreihe einschwenken.
Anstelle jeder weiteren Auskunft tritt der Kellner einen Schritt von ihr weg, sie folgt seinem Blick. Oben an der Treppe steht Cecile Belleton, eine Hand aufs Geländer gestützt, lichtgrau gekleidet, neben sich einen Mann in schwarzem Smoking, leicht geneigt in unterwürfiger Haltung, anscheinend ein Chefangestellter.
Sie erkennt Simone von oben, lächelt strahlend. Mühelos schreitet sie in hochhackigen Schuhen die Stufen herunter, bewegt sich zwischen den paar Gästen hindurch zu ihrem Tisch.
Der Kellner lächelt unbeteiligt, Frau Direktor Belleton, und tritt einen weiteren Schritt zurück. Über seine rechte Gesichtshälfte läuft ein kaum merkliches Zittern.
Perfekt, wie Cecile Belleton die beringte Hand ihr zur Begrüßung entgegenstreckt, eine schmale Hand mit metallisch glänzen-

den, gefeilten Nägeln, gespannter Haut über den Sehnen, ihr gleichzeitig die andere Hand leicht auf die Schulter legt. Sie denkt, Hexen gibt es nicht, und lächelt in die hungrigen Augen.
Frau Wander, wie reizend, daß Sie sich hierher bemühen.
Simone übt sich in Konversation.
Es sind die Bilder, die sie heute schon ein zweites Mal in die Ausstellung lockten; ein spontaner Entschluß, bei diesem strahlenden Wetter anschließend einen Ausflug zum Hotel Sternberg zu unternehmen. Die Bilder hätten sie neugierig gemacht. Das Hotel sei in seiner Gründungsgeschichte doch eng mit der Familie der Malerin verbunden?
Die gestelzten Worte belustigen sie: Mama hat Wert darauf gelegt, daß sie die Formen beherrscht. Um so mehr ist sie auf der Hut, als Cecile Belleton mit Zwitscherstimme meint, sie hätte gar nicht gedacht, daß der Beruf einer Untersuchungsrichterin sich mit Kunstempfinden verbinden lasse, da sehe man, wie sehr auch sie von Vorurteilen ausgehe. Falls sie interessiert sei, zeige sie ihr mit Vergnügen ihr Lieblingsbild, ein Mädchenbild der Gunnar Billeter.
Das geht etwas rasch, es bleibt ihr nichts anderes übrig, als den Köder zu schlucken.

Hilde Gunnar Billeter, wer kennt nicht deren Frauen-, Kinder- und Landschaftsbilder, die Blautöne vor allem, welche sie mit breitem Pinselstrich kraftvoll nebeneinandergesetzt hat. Eigenartig, daß dies die Lieblingsmalerin einer Cecile Belleton sein soll. Vielleicht wegen des fast unbezahlbaren Preises. Ein derartiges Angebot läßt sich jedenfalls nicht ausschlagen.
Folgsam steht sie auf. Cecile Belleton will Simone vertraulich unterfassen, zuckt zurück, sie hat den Arm in der Schlinge berührt. Eine Zerrung, die sie sich beim Arbeiten mit ihrem Hund zugezogen habe, erklärt Simone, sehr schmerzhaft, und erntet dafür ausgiebiges Bedauern.
Einen Sekundenbruchteil lang fängt sie einen Blick des hinter Cecile Belleton stehenden Kellners auf. Dieser senkt die Augenlider ganz wenig, schüttelt fast unmerklich den Kopf, erstarrt wieder in unbeteiligter Haltung. Offensichtlich wird er vom Oberkellner beobachtet, also geht er steifbeinig zur Bar.
Sie löst sich von Cecile Belletons Hand, tritt einen Schritt zurück, sieht die stechenden Pupillen in den blauen Augen. Sie muß sich absichern. – Sie hätte eben einen Streifenwagen zufahren sehen. Sie hätte vorher ge-

meldet, wo sie sei, eine übliche Formalität. Möglicherweise müsse sie etwas mit den Polizisten besprechen. Herr Hauri, der Kellner, solle doch den beiden ausrichten, sie sollten keinesfalls wegfahren, bevor sie sie gesprochen hätte, sie komme gleich.
Frau Belleton drückt ihr Verständnis aus, wenn sie jetzt etwas unter Zeitdruck stehe.
Sie läßt sich nicht einwickeln. Sie ist Simone und fürchtet sich nicht, also bittet sie jetzt um die Adresse der Tochter, deren Vortrag ihr gefallen habe. Nein, es geht nicht um eine kunstgeschichtliche Frage, es geht um eine Bemerkung während der Vernissage, eine Bagatelle. Sie hört auf die bezaubernd weiche Stimme dieser Frau, die nicht locker läßt, bis sie den Namen Bernhard Mossing erfährt. Hinter dem Lächeln das unbewegliche Gesicht, die starren Augen, sie sieht das gespannte Beben in den gebogenen Fingern, die Katze, die zum Sprung ansetzt. Nein, eine Untersuchungsrichterin läuft nicht weg. Wann ihre Tochter das letzte Mal hier gewesen sei?
Immer noch weich, doch etwas dunkler klingt die Stimme: sie habe gemeint, die Untersuchung liege jetzt bei Herrn Siegenthaler.

Cecile Belleton ist also inzwischen informiert. Anders als Anja Belleton scheint sie die Vorstellung nicht zu erschrecken. Im Gegenteil.
Die Frage stellen oder nicht. Noch kann Simone zurück, kann den Fall Mossing auf sich beruhen lassen; formal geht es nur Felix Siegenthaler etwas an. Sie könnte darauf eingehen, außer Cecile Belleton wüßte niemand darum.
Sie liest in den schillernden Augen das Angebot und den Preis, Schweigen hieße Komplizenschaft mit den Mächtigen, hieße aber auch Freundschaft und Dazugehören.
Wie gut kannte Ihre Tochter Bernhard Mossing?
Unwiderruflich.
Sie hört den Klang, als zerspringe Glas, staunt, daß weder der prunkvolle Spiegel noch die Fensterscheiben in Stücke gehen.
Cecile Belleton verzieht keine Miene: Darüber könnten sie sich in ihrem Privatbüro unterhalten, und zu Hauri gewandt, den Herren von der Polizei sei eine Tasse Kaffee anzubieten, sie sollten warten.
Von Cecile Belleton geführt, geht Simone die teppichbelegten Stufen hinauf, denkt, Root und Lissner sind draußen, sie wissen, wo ich bin, gleich sind die zwanzig Minuten

um, sie werden kommen. Sie tritt durch die Tür mit der Aufschrift «privat», dann sitzen sie einander schräg gegenüber auf Sesseln aus bronzegestrichenem Holz mit dunkeln Damastbezügen, auch auf den Armlehnen sind kleine Polster angebracht.
Sie sei also in dieser bestimmten Absicht hierhergekommen? Die Stimme ist hart, arrogant. Es ist die Stimme, die zum Gesicht gehört.
Noch suche sie. Ihre Tochter hätte Bernhard Mossing gekannt. Das sei alles. Da der Fall Mossing so gut wie abgeschlossen sei und auch nicht mehr bei ihr liege, gehe es ihr um eine bloße Bestätigung, nichts übersehen...
Die Stimme schneidet ihr das Wort ab: Sie höre den Namen zum ersten Mal, aber bitte, es sei erfreulich, daß sie ihre Pflicht so ernst nehme.

Ein Fensterflügel steht halb offen. Der Wind bläht den bis zum Boden reichenden Tüllvorhang, hebt ihn als Schleier ins Zimmer. Ein naßkalter Hauch läßt Simone frösteln.
Cecile Belleton steht auf, schließt das leise klirrende Fenster, sagt, es wird früh Herbst in diesem Jahr, es ist schon recht frisch am Abend.

Sie schaltet die Stehlampe an. Mit dem Tüllvorhang zieht sie auch die schweren blaßblauen Portieren zu.
Jetzt will ich Ihnen das Bild der Gunnar Billeter zeigen, sollten Sie sich doch für Kunst interessieren.
Ein Spotlicht fällt auf das über einer lackierten Kommode hängende Bild. Sie stehen davor, in Simones Arm pocht es schmerzhaft.
Sie hält den Atem an, so blau leuchtet die Wiese, so weiß liegt die Frau im blauen Gras. Kalt steht eine schwarze Mondsichel am blassen Himmel, eine dunkelschwarzblaue Sonne flammt zwischen den geöffneten Beinen der Frau. Ein Bild, sanft und grell, surrealistisch zart, mit allerfeinstem Pinselstrich.
Leise meint Simone, sie habe immer gemeint, Hilde Gunnar Billeter male mit breitem Pinselstrich und dickem Farbauftrag. –
In ihren frühen Bildern nicht. Dieses stammt aus den zwanziger Jahren. Darum ist auch die Aussage so direkt. Simone wagt nicht zu fragen, welche Aussage. Die Sonne dreht beängstigend.
Sie steht in den Anblick der Frau auf der blauen Wiese verloren, überläßt sich dem Sog. Erst als der Lufthauch der sich schließenden Tür sie berührt, bemerkt sie,

daß Cecile Belleton sich leise entfernt hat. Erstaunt sieht sie auf die Uhr, halb acht, sie ist eben erst gekommen.

Ein unheimliches Zimmer, hinter dem Wandschirm, hinter der Portiere, hinter dem Schrank, dem hochlehnigen Sofa, überall könnte sich jemand verstecken. Mit den beiden Spiegeln läßt sich der Raum von jedem Punkt aus überblicken.

Wahrscheinlich drückt Cecile Belleton ihr Auge eben an irgendein geheimes Guckloch, wie sie früher in diesen Gebäuden üblich waren. Sie wird sich also hüten, das Zimmer in Augenschein zu nehmen.

Sie kramt in der Tasche, zieht ein Päckchen Papiertaschentücher hervor, nimmt eines heraus und wischt sich die Nase, nimmt den Lippenstift hervor und zieht die Lippen vor dem großen goldgerahmten Spiegel nach.

Meint sie, im Spiegel hinter sich und sie überlagernd das Portrait der Malerin aufsteigen zu sehen? Die Augen mit dem fragenden, ängstlichen Blick, das verzärtelte Tochtergeschöpf. In diesen Räumen hat sie sich bewegt, hat sie ihre Spuren hinterlassen, vielleicht war dies ihr Zimmer. Wie absurd, daß ausgerechnet hier das Bild mit der im Gras liegenden nackten Frau hängt.

Die Verbindung zwischen Cecile Belleton und dem Fall Mossing. Plötzlich fügen sich die Teile des Puzzles zusammen, ergeben ein Bild, und zugleich die Gewißheit, daß sie beobachtet wird, in diesem Raum.
Jetzt reicht es. Energisch geht sie die paar Schritte zur Tür, sie öffnet sich, noch ehe sie zur Klinke greift. Frau Belleton steht wieder da.
Ich wollte Sie in Ihrer Betrachtung nicht stören und habe mich mit Ihren beiden Polizisten unterhalten. Sie beharren darauf, Sie unbedingt sprechen zu müssen. Sind Sie denn dienstlich hier oder ist es ein privater Ausflug?
Die Frage ist endgültig. In ihrem Ton liegt die Geschichte des Bankangestellten Bernhard Mossing, der aus den Kontobewegungen der Chemihold den Geldfluß zu Chefbeamten der Verwaltung abgelesen hat, dieses Buchhalters, der angesichts der großen Summen das Augenmaß verlor für das Machbare, der gemeint hatte, sein Wissen ebenfalls in Geld ummünzen zu können, der einfach mit der Chemihold geredet und ein Geschäft vorgeschlagen hat.
Sie waren mit Sicherheit nicht darauf eingegangen, da er nicht der Typ dazu war, zu

weich, zu bieder, zu unzuverlässig und deshalb zu gefährlich.

Ein kleiner Bankangestellter, der in seinem Schrebergartenhaus beinahe perfekt getötet wird, seine Bohrmaschine war falsch verdrahtet. Ein völlig unwichtiger Mensch, um dessentwillen sich der ganze Aufwand einer Untersuchung und Ahndung nicht lohnte, das müßte ihr doch klar sein. So klar wie die Tatsache, daß die weltweiten Geschäfte der Chemihold ebenfalls in andere Machtzusammenhänge gehören, die nicht gestört werden dürfen.

Felix und natürlich auch Dieter werden das schneller begriffen haben. Und sie –

Sie fühlt ihr Gesicht versteinern, fühlt die Züge sich glätten, die Augen werden groß, spürt das Lächeln in den Mundwinkeln, die Waage in der einen Hand, in der andern das Schwert, meint jetzt, den Druck der Augenbinde zu fühlen, und weiß, daß die Waage sich neigt.

Sie werde jetzt mit den Herren Root und Lissner sprechen. Der Fall könne nicht abgeschlossen werden. Danke, daß sie sich das Bild ansehen durfte, ein bemerkenswertes Bild, sehr eigenartig in der Aussage.

Höflichkeitsformeln. Sie faßt die beringte Hand, denkt erneut, eine kältende Totenhand zu drücken, verliert sich im Spiegel der eisblauen Augen.

Sie sieht, wie Cecile Belleton an ihr vorbei über ihre Schulter blickt, weiß im selben Moment, daß die Falle zuschnappt.

Keine Zeit, sich umzudrehen. Jemand, der größer ist als sie, drückt einen weichen, süßlich riechenden Lappen gegen ihr Gesicht, sie versucht, um sich zu schlagen, zu treten, sie hat doch Selbstverteidigung gelernt. Es sind mehr als zwei Klammerarme, die sie im Griff halten. Sie muß atmen, möchte schreien wegen dem Schmerz im Arm, riecht den süßlichen Geruch, fühlt, wie sie schlapp wird und wegsackt.

5

Sie erwacht und ist Kälte, Eiseskälte, ist ein Eisbogen, der im Krampf erstarrt wäre, ist aller Schmerz, der vom Schmerz in der linken Seite übertönt wird, ist heller roter Schmerz, ein Feuer in der Kälte, wird von diesem Feuer zu einem glühenden linken Arm geschmolzen. In diesen Schmerz und in die Todeskälte reibt sich in kreisender Bewegung Wärme, aus der ihr Gesicht sich herauslöst. Sie hat ein Gesicht, ist Simone, hört Schnaufen und Prusten und plätscherndes Wasser.

Im Sog eines Wirbels in die Tiefe getrudelt, die Oberfläche aus grünem Flaschenglas immer weiter entfernt wahrgenommen, in den Ohren noch jetzt das Rauschen und Dröhnen. Das Wasser als andrängende Gewalt empfunden, als unerträglichen Druck, bis der Körper nach oben geschwemmt und eins geworden ist mit dem Wasser.

Schwerelos zu schweben in Mutters Fischbauch, in dunkler Wärme wegzuschwimmen.

Jetzt hört sie See, riecht See, riecht Hund, spürt Zenos Zunge, die über ihr Gesicht fährt, Steine, eiskaltes Wasser um und um.
Vorsichtig öffnet sie die Augen, sieht über sich Zenos Augen in der Dunkelheit. Sie blicken starr in die ihren, die Zunge reibt nicht mehr, Zeno hechelt.
Sie sieht einen Stern über Zenos Kopf. Jetzt leckt seine rauhe Zunge ihr Gesicht noch heftiger.
Es ist blaue Nacht, sie möchte zweifeln, doch es ist offensichtlich, daß sie vom Bauch abwärts in sehr kaltem Wasser liegt, den Kopf, der seitwärts verdreht auf Steinen liegt, nicht zu heben vermag. Eine dunkelblanke Wasserfläche erstreckt sich weg von ihr, der See, Steine, über ihr Felsen.

Mühsam setzt sie sich, sitzt im See. Zeno zerrt an ihrer Jacke. Sie muß aus dem Wasser heraus. Sie versucht, sich zu drehen, zu kriechen, die Steine im Wasser rollen unter ihr weg, mehrmals rutscht sie tiefer. Endlich schafft sie es, kriecht auf allen vieren auf ein schmales Steinbord. In einem Schock kauert sie in der Hocke, hat kein Gefühl in den Beinen, fällt seitlich zu Boden. Zeno preßt schlotternd seinen triefend nassen Fellkörper an sie.

Sie muß hier weg. Der Funke im Gehirn muß sich bewegen, sie muß denken.
Der schmerzende Klotz an ihrer Seite ist der Arm im Verband. Sie möchte ihn weghaben. Blitzartig scheint der vergangene Tag auf – der Schuß, Marchi, das Hotel Sternberg, das blaue Bild mit der weißen nackten Frau. Zeno hat sie ans Ufer gezogen. Offensichtlich ist sie beinahe ertrunken. Man hat sie betäubt.
Jetzt übergibt sie sich. Dann verbietet sie sich zu weinen.
Hier sitzt sie am Ufer auf einem schmalen Steinbord, sie kann gut sehen, die Nacht ist hell, der See vor ihr gibt Licht ab. Neben ihr ragt schwarz mit weißen Streifen eine Felswand, sie wendet den Kopf, erkennt schemenhaft hinter sich Sträucher einer Böschung.
Offensichtlich ist sie hochgradig unterkühlt, zu kalt, etwas anderes als den Arm zu spüren. In den bloßen Füßen ein Kribbeln und Stechen. Sie versucht, die gefühllosen Hände zusammenzuschlagen, es will ihr nicht gelingen, sie steckt in schwerer Wasserwolle einer Jacke. Sie starrt auf die klebenden Hosenbeine, aus denen die bloßen Füße schmal herausragen.
Man hat sie betäubt und über die Felswand

ins Wasser geworfen. Wie einen Film sieht sie das Geschehen abrollen. Das Eigenartigste daran wäre ihr Unbeteiligtsein gewesen, es ging sie kaum etwas an, sie hätte bloß gewußt, daß sie das war. Darüber hätte sie sich geärgert. Sie hätte gemeint, ihre eigene Stimme zu hören, ganz deutlich hätte sie gesagt, das läßt du ihnen aber nicht durchgehen.

Es sind nicht allein Kälte und Nässe, die gefährlich sind. Sie will leben. Sie muß sich von hier wegbewegen, sofort diese Starre überwinden.
Sie kann nicht weit vom Hotel Sternberg sein. Jemand hat sie dort oben betäubt, hat versucht, sie umzubringen, meint, es sei geglückt. Selbst wenn sie es schaffte, sie kann nicht zum Hotel zurückkehren und sagen, hier bin ich. Die Gefahr droht von Cecile Belleton.
Wahrscheinlich ist ihr Citroen gar nicht mehr auf dem Parkplatz beim Hotel. Wenn man jemanden verschwinden läßt, dann läßt man sein Auto nicht stehen.
Zeno muß aus dem Auto entkommen sein, rechtzeitig, um sie aus dem Wasser zu holen. Sie hat keine Tasche; sie hat keine Ausweise, kein Geld, keine Pistole, keinen Spray, einfach nichts. Nein, sie weint jetzt nicht.

Wie konnten Root und Lissner so schlecht auf sie aufpassen!

Sie muß dem See entlang nach Siln gelangen. Es muß einen Weg geben. Es ist weit, doch es ist weniger mühsam, als diesen Berg hinaufzuklettern bis zur Straße und dort zu versuchen, ein Auto anzuhalten. Weniger riskant auch, denn es könnten ja Leute vom Hotel unterwegs sein. Siln liegt abseits der Straße.

Sie bewegt den Arm, die Uhr ist noch da, zeigt kurz vor zehn; Plastik, wasserfest, Leuchtziffern – das erste Mal, daß es nützlich ist.

Zeno wärmt sie, leckt ab und zu ihr Gesicht, blickt mit ihr auf das Wasser, die Lichter am andern Ufer. Daß ihr Schutzengel die Gestalt eines Hundes angenommen hat.

Zeno würde jetzt sofort aufbrechen, sich, dem Ufer entlang einen Weg suchen. Keinesfalls würde Zeno hier warten. Er hätte kurz geschlafen, Hunde erholen sich schnell. Er würde spüren, daß hier Gefahr droht.

Sie rappelt sich auf. Zeno steht neben ihr. Sie muß hier weg. Ihr Unterbewußtsein oder dasjenige Zenos haben es signalisiert. Gleich. Auf tauben Füßen stolpert sie über einen Stein, kann sich knapp auffangen. Zehn, zwanzig Schritte ist sie schon gestolpert, da hört sie den Motor. Ein Motorboot. Um diese Zeit sind keine Fischer unterwegs. Sie zieht sich über Wurzelwerk an einem Strauch hoch, drückt Äste von irgendwelchem Kleingehölz weg, Zeno dicht hinter ihr, fühlt stechende Schmerzen in beiden Händen, sie hat in Dornen gefaßt, hat wenigstens Gefühl, greift in Feuchtes und jetzt wieder in stachelige Zweige, ist an einem Abhang. Sie sieht den Kegel des Scheinwerfers, der über das Wasser streicht, kugelt sich zusammen, befiehlt Zeno Liegen und Still, drückt das Gesicht auf die Erde, fühlt mit der Hand Zenos Kopf. Als der Lichtstrahl die Äste und Zweige um sie ausleuchtet, wagt sie sich nicht mehr zu rühren. Ein schwerer Vogel löst sich neben ihr aus dem Gebüsch, flattert weg. Die Polizei würde mit Lautsprechern rufen, also sind es die andern. Das Motorengeknatter ist nah, sie hat Angst.

Jetzt heult der Motor auf, das Boot entfernt sich vom Ufer, zieht einen weiten Bogen über den See, ist nicht mehr zu hören.

So ist es also, wenn man sich ausgeliefert fühlt. Aber sie werden sie nicht erwischen. Das sind Verbrecher. Sie wird sie verhaften lassen, und sie werden ihre Strafe bekommen.

Sie weiß, daß sie sich Mut macht. Aber sie braucht die Wut, braucht den Adrenalinstoß, sie muß diesen Weg möglichst rasch hinter sich bringen. Gegen diese Belleton wird sie eine Anklage zusammentragen, die für siebzehn Jahre Knast reicht.

Den steilen Hang kommt sie nicht hoch, das hat sie im Scheinwerferlicht gesehen. Sie rutscht zurück aufs Uferband, schlägt heftig auf, denkt, wenn sie sich beeilt, ist alles rascher vorbei. Bewegt sie sich doppelt so schnell, ist es die halbe Zeit, durchhalten ist alles. Zeno ist ein Hund und hat sie herausgezogen, das geht doch über seine Kräfte – wenn sie sich ebenfalls aufs äußerste anstrengt, spürt sie die Strapazen weniger. Sie stellt sich ein Ziel vor, bildhaft, Siln hat eine Kirche, einen Pfarrer, ein Pfarrhaus. Sie will ins Pfarrhaus nach Siln, sie wird dort klingeln. Sie wird die Polizei alarmieren. Bis dahin wird sie es wie die indianischen Späher machen, zehn Doppelschritte rasch gehen, zehn Doppelschritte laufen, immer abwechselnd, das lenkt ab und geht schneller.

Mit tauben Füßen stolpert sie über Steine, pflatscht durch Sumpf, stapft knietief in Wasser, rutscht aus und rappelt sich wieder hoch. Dann sagt sie Zenos Namen, legt ihre

Hand auf seinen Kopf, fühlt, wie er zittert, redet zu ihm.
In abgestuften Grautönen ist steiles Ufer zu unterscheiden, eine Böschung. Da müssen sie hinauf.
Irgendwo schnattert eine Ente. Sie klammert sich an Grasbüschel, kriecht auf allen vieren, Bewegung ist alles. So muß es gewesen sein, als Mama mit Großvater die Grenze überwand.
Sie sind oben, anscheinend auf einem Feldweg. Hier ist ein Kuhgatter, jetzt ein Schober, Apfelbäume, ein Haus. Siln hat keinen eigenen Polizeiposten, gehört zum Kreis Bolnau. Schon laufen sie zwischen Gärten. Eine bleiche Straßenlaterne leuchtet, hier der Gasthof *Hirschen,* die *Eintracht,* da ist bereits die Kirche. Die Turmuhr zeigt halb zwölf. Der Platz ist unheimlich leer.
Sie steht vor dem stattlichen Steinhaus an der Ecke bei der Kirche, das muß das Pfarrhaus sein. Durch die Spalten der oberen wie der unteren Fensterläden schimmert Licht. Hier sind sie noch wach.

Sie meint, die schrille Klingel werde die Leute in den umliegenden Häusern wecken. Schon wird die Tür aufgerissen. Eine junge Frau mit langen Haaren, in halblangem

Rock und eng anliegendem Leibchen steht da, scheint jemand anders erwartet zu haben, sagt erschrocken: Du liebe Zeit, was ist geschehen, kommen Sie herein.
Die Frau will sie hastig hereinziehen, sucht Zeno wegzudrängen, nach draußen.
Simone steht in der Tür, sieht in einen hellen Korridor. Es ist Zeno, der sie aus dem Wasser gezogen hat, sein Fell mag verdreckt sein, doch er ist so erschöpft wie sie. Keinesfalls läßt sie ihn draußen im Dunkeln. Sie wehrt sich, sie bittet. Wenn man ihn nicht mit hereinlasse, gingen sie weiter.
Zweifelnd furcht die Frau die Stirn, mustert sie mißtrauisch. Sie solle hereinkommen, mit dem Hund, meint sie schließlich. Sie müsse sich trocknen und den Hund ebenfalls. Nein, auf die Bank hier könne sie sich nicht setzen. Sie hole jetzt ein Tuch, dann solle sie erst einmal den Hund abreiben. Danach könne sie heiß duschen.
Sie verschwindet hinter einer der Türen.
Simone hört auf die Geräusche von oben, rasche Schritte halten inne, eine Tür wird geöffnet und geschlossen, Stimmen, lauter und leiser.
Lange lauscht sie auf das regelmäßig schabende Ticken einer Uhr, versucht, langsam und tief zu atmen.

Endlich öffnet sich wieder die Tür. Hinter der Frau erscheint ein schmalbrüstiger, kleiner Mann, streckt ihr eine zerbrechliche Hand entgegen, die sie mit geschwollenen Fingern faßt. Erstaunt betrachtet er die zerschundene Hand, mustert sie von oben bis unten. Sein blasses Gesicht rötet sich; etwas fassungslos meint er, sie sei ja von oben bis unten zerschrammt. Was ihr denn zugestoßen sei? Er nennt seinen Namen: Kistler, er sei der Pfarrer hier.
Sie sei Untersuchungsrichterin. Man habe versucht, sie umzubringen. Sie müsse die Polizei alarmieren. Es werde etwas Umtriebe geben, zudem sei sie noch nicht in Sicherheit. Wenn man wisse, daß sie lebe, werde sie von Mördern verfolgt. Jetzt, da sie es ausspricht, scheint es absurd zu sein. Verwirrt fügt sie bei, vielleicht stimme auch bei der Polizei etwas nicht, vielleicht könne sie nicht einmal der Polizei vertrauen.

Die Frau sagt: Sie bluten am Arm, Sie sind verletzt. Ich werde Ihnen später Verbandszeug bringen.
Sie drückt Simone ein himmelblaues Badetuch in die Hand, blickt schräg an ihr vorbei, meint, den Hund müssen Sie selber abreiben, ich trockne keinen fremden Hund

ab, es könnte ihm nicht gefallen. Schon hat sie sich umgedreht, eilt mit wiegenden Hüften den langen Korridor nach hinten, verschwindet.

Der Pfarrer, der seiner Frau nachgesehen hat, steht da, blickt sie gedankenverloren an, schaut wieder weg, schaut auf Zeno, der mit verklebtem Fell, bebenden Flanken, hängender Zunge neben ihr sitzt, sie unverwandt anstarrend. Sie muß ähnlich aussehen.

Endlich scheint er einen Gedanken gefaßt zu haben, fragt zögernd mit heller Stimme, sie stehe mitten in der Nacht vor der Tür und bitte um Hilfe, sie werde verfolgt. Einerseits sage sie, sie sei Untersuchungsrichterin, die gebe es, er habe von ihr gehört, andererseits wisse sie nicht, ob sie die Polizei verständigen wolle. Das sei zumindest ungewöhnlich.

Sie könnte jemand anders sein. Sie könnte krank sein, verwirrt. Oder sie könnte einen Unfall erlitten haben und unter Schockwirkung stehen.

Es gebe noch eine weitere Möglichkeit.

Nachdenklich fährt er sich mit der Hand über das schüttere blonde Haar. Seltsam, daß sie heute komme.

Ein komplizierter Mann, redet um den Brei herum, verschweigt etwas. Sie fühlt, wie ih-

re Energie schwindet, sie hält nicht mehr lange durch. Wenn sie sich nicht meldet, hält man sie für tot. Sie kann nicht wissen, weshalb Root und Lissner sich nicht an die Abmachung gehalten haben. Sie darf keine Panik aufkommen lassen. Es ist nicht denkbar, daß sie den Befehl erhielten umzukehren, sie hätten ihn nicht befolgt, sie niemals im Stich gelassen. Sie muß sie selber fragen. Sie sehnt sich nach jemandem, der sie in die Arme nimmt, sie tröstet, ihr sagt, was zu tun ist, einem, dem sie vertrauen kann. Wenn sie das Nötigste geregelt hat, geht sie zu Andres Marchi.
Die Tür hinter ihr öffnet sich. Schreckhaft dreht sie sich um. Es ist die Pfarrersfrau. Die Größe prüfend streckt sie ihr einen türkisfarbenen Trainingsanzug entgegen, hat Unterwäsche, Socken und Turnschuhe. Sie könne sich im Gästebad waschen, Duschgel und ein Handtuch lägen bereit, ebenso Verbandszeug. Wenn sie Hilfe brauche, solle sie rufen. Anschließend könne sie eine Suppe essen, man könne miteinander reden.

Simone ist überhaupt nicht überrascht, im Spiegel ein fast unkenntliches Gesicht zu sehen. Eine blutverkrustete tiefe Schramme verläuft quer über die Stirn. Simone betastet

den Haarboden. Auch hier scheint sie an mehreren Stellen zu bluten. Die Augen blicken kaum noch hinter den geschwollenen Lidern hervor, die Wangen sind eingefallen, die rechte Gesichtshälfte ist zerschrammt, blutet. Die Lippen ein blaß veilchenfarbener Schatten um einen Strich. Das sieht so schlimm aus, daß ihr die Tränen aus den Augenschlitzen rinnen, einfach so.
Sie schnieft, entledigt sich ihrer verdreckten Kleider, löst den Verbandsklumpen vom Arm. Die Wunde ist geschwollen, sieht schlimm aus.
Sie duscht sich, verbindet, denkt, sie wird das später richtig desinfizieren, ihr Körper ist das eine, das andere ist das richtige Vorgehen, sie darf noch nicht müde sein, darf nicht nachgeben, fühlt sich seltsam unempfindlich, ist immer noch so kalt, schlüpft in die weichen Kleider.
Frau Kistler scheint in sicherer Distanz zu Zeno gewartet zu haben. Sie streckt ihr eine Plastiktüte entgegen, so ist auch das mit den nassen Kleidern erledigt.

Im holzgetäfelten Eßzimmer sitzt der Pfarrer schon am Tisch. Sie müsse etwas essen, sehe immer noch durchfroren aus. Gedeckt ist für eine Person, ein Teller Suppe, Brot,

Käse, Wurst, eine Tasse und eine Teekanne stehen da. Der schmächtige Pfarrer und seine schöne Frau sitzen auf den Stühlen ihr gegenüber, schauen zu. Sie kann ihre aufgerissenen Hände nicht auf das frischgewaschene Tischtuch legen, es könnte Flecken geben. Schweigend löffelt sie Gerstensuppe, die fremd und heiß durch ihre Kehle rinnt, mag nicht weiteressen, legt den Löffel in den Teller. Sie trinkt Lindenblütentee, wärmt ihre Hände an der dickwandigen Tasse.
Ob sie sich jetzt überlegt habe, was wie zusammengehöre, was sie tun wolle und was nicht? Der Pfarrer fragt es fast beiläufig.
Man hat sie betäubt und ins Wasser geworfen, das ist versuchter Mord. Sie muß eine Haftanzeige erlassen. Da kann sie sich nicht fragen, wem sie vertrauen will und wem nicht, sie muß sich an die Vorschriften halten. Komplikationen kann sie nicht berücksichtigen. Fürchtet sie sich? Logischerweise wäre der Erste Untersuchungsrichter einzuschalten: Felix also. Als künftiger Schwiegersohn dieser Belleton ist er auf jeden Fall befangen, ihm mißtraut sie doch aus gutem Grund. Und ganz oben in der Hierarchie muß auch das Leck sein, die Verbindung zum Fall Mossing. So kommt sie nicht wei-

ter, sie hat keinen Handlungsspielraum. Tritt sie jetzt eine Lawine los, wird es für jeden guten Verteidiger ein leichtes sein, den Fall wegen Verfahrensfehler totlaufen zu lassen.
Es ist eine Narrenschlinge, in die sie den Kopf legen muß. Sie kann bloß darauf hoffen, daß es auch die zuverlässigen Kollegen gibt, die unbestechlichen.
Sie fühle sich jetzt viel besser, sagt sie. Sie werde die Polizei rufen und Anzeige erstatten. In zehn Minuten werde eine Streife da sein. Sie werde auch einen zweiten Untersuchungsrichter anfordern, damit es von Anfang an keine Fehler gebe. Einige Umtriebe seien unvermeidlich, schon wegen der Protokollaufnahme. Sie bitte bereits jetzt um Entschuldigung. Wo das Telefon sei.

Offensichtlich stimmt etwas nicht. Mit dem Ringfinger der rechten Hand schiebt der Pfarrer auf dem Tischtuch eine eingebildete Brosame hin und her, die andere Hand hält er verdeckend vor den Mund, auch in seinen Augen kann sie nicht lesen.
Jetzt läßt er die Hand sinken, seine Lippen zucken, als er zum Sprechen ansetzt. Es sei eine Fügung, daß sie heute abend hergekommen sei, nur Gott wisse, was daraus

werden solle. Ein ungelegener Besuch, gewissermaßen. Es wäre ihnen lieb, sie würde ohne zu fragen verschwinden. Vielleicht könne er sie zu Freunden bringen. Das Telefon dürfe sie auch nicht benutzen, das werde überwacht.

Sie weiß, daß sie richtig gehört hat, denkt, typisch Pfarrer, da predigt er sonntags irgend etwas Menschenfreundliches und leidet anschließend an Überwachungswahn.

Sie fühlt sich erschöpft, wie ausgelöscht, als sitze bloß noch ihr Schatten an diesem Tisch vor der rötlichen Wurst und dem stark riechenden Käse. Nur jetzt nicht den Kopf verlieren. Sie läßt sich nicht in anderer Leute Probleme hineinziehen.

Natürlich stellt sie zunächst richtig: Es werden nur wenige Telefone überwacht, das Pfarrhaus von Siln ist nicht darunter. Es geht darum, einen Mordversuch aufzuklären und die Verdächtigen festnehmen zu lassen. Sie wird jetzt von hier aus telefonieren.

Sie weiß nicht, weshalb diese Frau so heftig atmet. Zeno beginnt leise zu knurren. Noch liegt er am Boden, doch mit gestellten Nacken- und Rückenhaaren.

Auch der Pfarrer starrt gebannt auf seine Frau, sein Adamsapfel zuckt nervös.

Sie werden die Polizei nicht hierher bringen, schreit die Frau plötzlich los. Sie mögen sein, wer Sie wollen, aber Sie telefonieren jetzt nicht. Sie schlägt mit der flachen Hand auf den Tisch. Wir haben Sie hereingelassen, sie schlägt wieder, wir haben Ihnen Kleider gegeben und zu essen, sie schlägt und schlägt. Sie gehen jetzt und vergessen, daß Sie hier gewesen sind, das sind Sie uns schuldig. Fragen Sie nicht, dann versündigen Sie sich auch nicht. Gehen Sie in die *Eintracht,* rufen Sie von dort aus an. Wir können jetzt keine Polizei hier im Haus gebrauchen. Erregt springt sie auf, sag du doch etwas, Christian.
Auch Zeno steht jetzt, knurrend, sprungbereit.
Das scheint die Frau zur Vernunft zu bringen, sie schaut von einem zum andern, bleibt stehen, schweigt.
Damit machst du es nicht besser, sagt der Pfarrer mit seiner hellen, nervösen Stimme. Sie solle sich setzen, sich beruhigen, es komme, wie es müsse. Gott lasse sie nicht im Stich. Sie hätten seit einer Stunde Asylanten im Haus, einen Transport Illegaler, über Nacht, sieben seien es. Die Untersuchungsrichterin sei in einem unglücklichen Moment aufgetaucht, doch sie hätten sie eingelassen, auch

wenn sie gewußt hätten, wer sie sei. Streng tönt es in Richtung seiner Frau.
Simone denkt: ein Fanatiker, ein Missionar, der seinen Auftrag erfüllt.
Jetzt spricht er wieder zu ihr. Sie müsse verstehen, daß diese Menschen ihnen so nahestünden wie sie. Von der Zahl her seien es mehr: Für mich sind diese Menschen in derselben Notlage, wie Sie es waren, für meine Frau ebenfalls.
Doch sie stehe von Amts wegen auf der anderen Seite, auf der Seite der Macht. Das setze sie etwas ins Unrecht, einfach so, nach dem Gefühl. Die andern seien die Schwachen.
Wenn die Polizei hierherkomme, werde danach gefragt werden, ob noch jemand im Haus sei. Er halte nichts von Notlügen. Man werde Verstärkung anfordern und die Asylanten abholen. In seiner Gemeinde könne ein Kirchenasyl nicht so kurzfristig eingerichtet werden.
Er habe es sich überlegt. Wenn sie jetzt telefonieren wolle, werde er sie zumindest eine halbe Stunde daran hindern. Seine Frau bringe die Leute in der Zwischenzeit weiter. Sie könne sie beide dann anzeigen oder die halbe Stunde vergessen. Wenn die Polizei die Leute schnappt, haben sie keine Chance.

Der Pfarrer von Siln und seine Frau sind also Schlepper. Ein Flüchtlingsnest. Es ist Simones Pflicht, das Gesetz durchzusetzen, auch das Asylgesetz. Daß jemand behauptet, aus ethisch hochstehenden Motiven zu handeln, ändert daran nichts.

Sie möchte schreien, schreien, daß es diesen Fistelzwerg zerrisse, daß sich eine Erdspalte öffnete und ihn verschluckte samt seiner schönen Frau und seinen Asylanten.

Sie denkt, daß diese Asylanten keine echten Flüchtlinge sein können, die echten verstecken sich nicht, können bleiben. Es sind die andern. Die nicht verhungern wollen, die besser leben wollen, die zu Hause eine ganze Sippe zu ernähren haben. Aber es geht darum, das Gesetz durchzusetzen, im Interesse des Gesamtwohls. Bei ihrem Amtsantritt hat sie geschworen, sich an das Gesetz zu halten. Verletzt sie diesen Schwur, ist sie nicht mehr glaubwürdig.

Doch wie kann sie Menschen, die Vertrauen haben, verraten? Sie rechtet mit sich selber und weiß längst, daß sie innerlich nachgegeben hat. Es geht gar nicht um das Gesetz und nicht um das Vertrauen: es geht um Mama, um Mamas Flucht, um das Wissen, das sie von Kindheit an in sich trägt.

Sie starrt die beiden an und haßt sie, weil

sie weiß, daß sie Menschen, die diese Nacht und irgendeine andere Nacht auf der Flucht sind, nicht ausliefern wird, geschehe, was wolle.
Wenn sie die Polizei holt, verrät sie sich selbst. Aber wie soll sie sich dann noch zur Richterin aufschwingen?
Nicht hier, nicht jetzt.
Sie ist so müde. Wenn sie die Polizei nicht ruft, macht sie sich schuldig, kann sie sich selber nicht schützen, wird ein Mord nicht gesühnt, der Anschlag auf ihr eigenes Leben nicht untersucht, wird sie erpreßbar.
Ich rufe niemanden an. Sie sagt es leise, unwiderruflich.

Sie fahren durch die Nacht, der kleine Pfarrer kerzengerade aufgerichtet hinter dem Steuer, er sieht knapp darüber hinweg auf die Fahrbahn, sie sitzt zusammengesunken daneben, eine zusätzliche Decke über den Beinen, auf dem Hintersitz die Plastiktasche mit den verdreckten Kleidern. Zeno ist im Heck des Kombiwagens untergebracht.
Den Wagen habe er ausgeliehen, sagt der Pfarrer, ein für den Asylantentransport geeignetes Auto. Die Bemerkung ärgert sie. Auch daß er meint, sie werde später Anzeige erstatten müssen, sie sei in Gefahr.

Sie döst vor sich hin, mag nicht antworten, mag nicht an die Gefahr denken. In diesem Auto sind schon viele Menschen in Sicherheit gebracht worden. Es ist besser, nicht darüber zu sprechen; je weniger sie voneinander wissen, desto eher läßt sich die Begegnung vergessen.

Sie schreckt auf, als der Pfarrer heiser flucht und knirschend einen tieferen Gang einlegt – eine Stablampe, die sie an den Straßenrand winkt, ein geparkter Streifenwagen, Polizeikontrolle.

Der Pfarrer fistelt, es sei nicht sein Auto, es komme aus dem Grenzort, die Nummernschilder paßten nicht zu den Fahrzeugpapieren. Schockiert sieht sie ihn von der Seite an. Sie hätte es wissen müssen. Jetzt ist sie in diese Sache verstrickt.

Das Auto kommt mit einem Ruck zum Stehen. Einer der Polizisten klopft an die Scheibe. Zwei andere stehen vor der Motorhaube, ein vierter taucht aus dem Dunkeln auf.

Beim Guten Abend erkennt sie Roots Stimme, er verlangt die Ausweise, bückt sich, leuchtet, um den Fahrer anzusehen. Ein zweiter Taschenlampenkegel blendet von vorn. Sie denkt, jetzt sieht man die Schrammen, da hört sie den erfreuten Ausruf: Frau

Wander, da sind Sie ja. Lissner. Schon tritt er auf ihre Seite des Wagens, sie muß die Autotür öffnen.
Sie denkt an die Leute im Pfarrhaus, sie hat sich entschieden. Sie darf ihre Kollegen nicht in ihren persönlichen Konflikt hineinziehen, selbst wenn sie sie verstünden. Sie muß lügen.
Sie weiß nicht, wie sie dieses Durcheinander je wieder in Ordnung bringen kann.
Sie reckt sich, nimmt Haltung an. Er solle sich nicht über ihr Aussehen wundern. Sie habe noch mit Freunden mit den Hunden Nachtarbeit geübt, da sei sie das Rehtobel hinabgerutscht, recht unglücklich, doch jetzt gehe es heimwärts.
Root und er seien sich uneins gewesen, im Hotel Sternberg. Irgendwie habe es ein Mißverständnis gegeben. Er habe sich ihretwegen Sorgen gemacht. Nun sei sie Gott sei Dank lebendig da.
Beinah ist sie gerührt.
Root lacht breit zum andern Fenster herein. Auch die beiden andern Polizisten treten an die Autotür, hören zu.
Wie sie es angeordnet habe, hätten sie den Imbiß eingenommen, während sie sich im Büro den Film angesehen habe. Er habe nur gedacht, sie dürften auch einer Frau

Belleton nicht glauben, wenn diese erkläre, sie sei schon weggefahren, der Auftrag sei abgeschlossen. Daß das Auto fort sei, besage doch gar nichts.
Sie hätten seither immer wieder versucht, bei ihr zu Hause anzurufen, seien in Sorge gewesen, als niemand abgenommen habe. Jetzt sei er erleichtert, daß er sie bloß mißverstanden habe.
Sie dankt für die Sorge, sie hätten sich absolut korrekt verhalten, lacht, am Montag werde man sie wieder anschauen dürfen.
Scheinwerfer nähern sich. Sie sind im Dienst, haben ihren Auftrag zu erfüllen. Rasch verabschieden sie sich, die Tür wird zugeschlagen, sie postieren sich erneut auf der Straße.
Der Pfarrer startet den schweren Kombiwagen, fährt an. Lissner lächelt, hebt die Hand, winkt.
Sie vertrauen ihr, wären nicht auf die Idee gekommen, die Autopapiere zu kontrollieren oder sich über ihren Begleiter Gedanken zu machen, Zeno kennen sie, Hundesport kennen sie.
Die leise helle Stimme des Pfarrers schreckt sie aus ihren Gedanken: Hätten sie die Sperre weiter oben am See errichtet, meint er, wären wir heute direkt aufgefahren.
Sie schweigt.

6

Wieder steht sie vor einer Tür, halb ein Uhr nachts. Sie haben geklingelt und warten.
Er könnte nicht zu Hause sein. Er könnte daheim sein, und eine Frau wäre bei ihm. So wie er sie vor ein paar Stunden eingeladen hat, beiläufig, kann er eine andere gefragt haben.
Sie hatten über die Brücke in den Schloßhof einfahren wollen, doch das große eiserne Parktor war verriegelt gewesen.
Also war der Pfarrer den Weg der Mauer entlang gefahren. Das Pförtnerhaus mußte hier irgendwo stehen; die Eingangstür eines Pförtnerhauses liegt immer an der Außenseite der Mauer.
Trotzdem war es schwierig gewesen, sich zurechtzufinden. Das Schloß in seinem Park leuchtete in der milchigen Dunkelheit, wie ein Wasserschloß aus einer Fabelwelt hatte es auf sie gewirkt.
Sie warten. Die Nachtluft riecht nach feuchter Walderde, vermischt mit einem schweren, süßen Duft, vielleicht von Königskerzen.

Schritte. Ein rundes Guckfenster in der Tür öffnet sich nach innen, wird gleich wieder geschlossen. Sie hören Riegel, die aufgeschoben werden, das Knacken eines Schlüssels, der sich im Schloß dreht. Die Tür wird geöffnet, im hellen Schein steht Marchi. Er trägt seine Jeans, das Hemd offen darüber, die Haare sind zerzaust. Ein Riese, der sich freut, sie zu sehen.

Der Pfarrer wirkt noch winziger, tritt einen Schritt zurück, meint, er sei der Fahrer und verabschiede sich, wenn Frau Wander hier willkommen sei.

Behutsam ergreift er ihre Hand, sie solle gut auf sich achtgeben. Falls sie Hilfe benötige, könne sie jederzeit ins Pfarrhaus kommen. Schon geht er die paar Schritte zurück zum Auto, im Nachtwind weht sein dünnes Haar. Er öffnet die Heckklappe, Zeno springt mit einem Satz zu Boden, läuft zu ihr, schmiegt sich an sie.

Marchi streckt ihr die Hand entgegen, wie sie es sich vorgestellt hat. Schön, daß es dich noch gibt, du siehst schlimmer aus, als zu erwarten war, komm herein, wenigstens lebst du noch. Jetzt lächelt er breit. Als sie wankt, packt er zu, führt sie über die Schwelle.

Mit einem Kissen im Rücken sitzt sie auf ei-

nem blaßgelben Sofa, eine Tasse Honigtee vor sich auf dem kleinen Rundtisch. Er sitzt ihr auf einem geflochtenen Korbstuhl gegenüber, saugt an seinem Teeröhrchen.
Siehst du, sie sind nicht zimperlich, wenn man sie stört. Seine Stimme klingt weich.
Sie nimmt seinen Blick auf, ist vorsichtig.
Einmal hat sie gemeint, Dieter zu lieben.
Es sei so. Man habe offenbar versucht, sie auszuschalten.
Sie lauscht ihren gestelzten Worten nach, die nichts von dem spüren lassen, was war, dem Wasser, Zeno, dem Weg über die Steine, der Wut. Nichts von ihrer Verzweiflung und dem Verrat am Recht. Nichts auch von ihren Gefühlen ihm gegenüber. Es war zu viel. Sie denkt, ein weiblicher Nöck zu sein in diesem türkisfarbenen Trainingsanzug, mit verschrammtem Gesicht, dicken weichen Socken an den Füßen. Es fehlen bloß die Algen und die Fischlein im verfilzten Haar. Eine Nöckin, die sich in einem Schneckenhaus verstecken möchte.
Er schaut sie an: Sind sie noch hinter dir her?
Sie dachten, ich wäre ertrunken. Inzwischen wissen sie vielleicht schon, daß ich lebe.
Was muß sie erzählen, was ist unwichtig?

Daß Frau Belleton die Fäden zieht, es erstaunt ihn nicht. Daß sie selber ein angenehmes Leben führen, Karriere machen könnte, würde sie mitspielen, auch das war zu erwarten. Daß es Zeno war, der sie gerettet hat. Daß sie ohne Zeno ertrunken wäre. Das ist wichtig, Marchi muß verstehen, was Zeno ihr bedeutet.

Daß sie über die illegalen Asylanten stolperte, es erscheint logisch. Als hätte sie es herausgefordert, sich in diesem Moment ihrer Biografie vor die Entscheidung zu stellen. Daß sie damit eine große Lücke in den zeitlichen Ablauf gerissen hat: wie ist sie hierher gekommen, wenn sie den Pfarrer von Siln ausspart?

Trotzig schiebt sie das Kinn vor: daran ist nichts mehr zu ändern. Die Gedanken kreisen in ihrem Kopf. Zweimal in dieser Nacht hat sie als Mutters Tochter gehandelt: das erste Mal, als sie sich für das Recht entschied gegen die Macht, als sie in Todesangst ihre Pflicht tat; das zweite Mal, als sie sich gegen ihr Berufsethos entschied, gegen das Recht, für so etwas wie Menschlichkeit.

Allmählich weicht die Kälte aus ihrem Körper, die Anspannung läßt nach, Tränen steigen hoch.

Marchi sagt nicht viel, ist da, holt einen Verbandskasten, eine Schüssel mit warmem Wasser, in das er Desinfektionsmittel gießt. Ist sie nicht auch deswegen hierher gekommen? Erneut verarztet er sie, gibt ihr Antibiotika, ein starkes Schmerzmittel, denn er muß die Wunde ausschaben. Morgen wird sie zu einem Arzt gehen.
Schläfrig fühlt sie die Schmerzen, schließt die Augen, fühlt sich betreut, geborgen.

Wieder ist ihr, er erzähle seine Geschichte vom Krieg und vom Leid, von seinem südamerikanischen Freund, der eines Tages verhaftet wurde und spurlos verschwand.
Leise redete er von sich. Von den Widersprüchen, die er nicht ausgehalten hat. Man kann ein Geburtenkontrollprogramm nur durchführen, wenn man mit den Herrschenden paktiert. Und es sind die Geldgeber, die über die Zielsetzungen von Forschungsprojekten entscheiden. Er ist mit offenen Augen gegangen, mit dem Vorsatz, sich nirgends um die Wahrheit zu drücken. Doch auch die Wahrheit ist relativ. Nichts ist eindeutig, vielleicht gehört selbst das Unrecht grundlegend zum Leben. Doch wenn er ihm begegnete und nichts dagegen unternahm, dann ließ er es wachsen.

Er streicht ihr über die Haare, verstehst du mich, Simone?

Sie nickt, lächelt, denkt, als Kind ist sie im Dorf in ein Fahrrad gelaufen; grundlos war sie von der Seite her auf die Straße gerannt. Sie versteht heute noch nicht, weshalb der Radfahrer und sie einander nicht ausweichen konnten, denn die Stelle war übersichtlich, ihr Anlaufweg lang, der Radfahrer noch weit entfernt, beide legten sie eine lange Strecke zurück, bis sie genau im entscheidenden Moment am selben Punkt anlangten, wo sie hart zusammenstießen.

Vielleicht hat sie zugehört mit geschlossenen Augen, als er sagte, er arbeite nicht mehr als Biologe. Dieser Beruf sei korrumpiert. Die Biologen hätten heute dieselbe Funktion wie einst die Pfarrer: systemerhaltend, machterhaltend, Unrecht absegnend.

Sie lauscht und hört Musik und weiß, wie weit der Weg war, bis er Schönheit als Gegenpol setzte.

Gärten seien das Schönste, was der Mensch geschaffen habe, eine harmonische Einheit von geometrischer Form und wachsendem Leben, über Jahrhunderte gepflegt und entwickelt. Eine Heilwirkung gehe von ihnen aus; die Gartenkunst lasse ihn an das

Gute in der Menschheitsentwicklung glauben; an den Sieg des Geistigen über das Chaos.
Sie schläft. Träumend geht sie mit ihm durch duftende Kräuter-, Blumen- und Rosengärten, durch englische Parkanlagen und preußische Alleen, der Farbenzauber und die Blütenfülle sind allein für sie zusammengetragen, sein Buch ein Liebesgarten, für sie.

So, das hätten wir. Sie fühlt ein feines Streicheln über ihre Wange, dort, wo die Haut nicht aufgeschürft ist. Sie öffnet die Augen, sieht Watte und schmutzige Verbände. Marchi räumt auf, meint, ihre Füße sähen ebenfalls schlimm aus, aufgerissene Blasen, jetzt seien sie steril verbunden. Du wirst so wenig gehen wie möglich.
Also trägt er sie zum Bad und zurück, bringt Kopfkissen und Federbett, bezieht das Sofa für sie. An mir ist ein Pfleger verlorengegangen, sagt er und lacht. Sie sei vorhin schon eingeschlafen. Morgen sei genug Zeit, um über ihre verrückte Geschichte nachzudenken. Jetzt würden sie ein paar Stunden schlafen.
Um zwei Uhr in der Nacht werde keiner gern geweckt, nur um zu erfahren, jemand

hätte sie beinahe umgebracht; sie wisse nur nicht wer, und hätte auch keine Beweise. Falls es von diesem Mordanschlag je Spuren gegeben habe, seien sie längst beseitigt.
Sie möchte seine Hand halten, ihn festhalten, er soll sie nicht allein lassen, er soll sie in die Arme nehmen, sie beschützen. Sie findet es scheußlich, sich schwach und anlehnungsbedürftig zu fühlen, also sagt sie nichts.
Sie könne ruhig schlafen. Das Haus sei eine kleine Festung mit massiven Fensterläden und Türen mit Sperriegeln. Die Zwischentüre bleibe angelehnt, damit Zeno sich frei bewegen könne. Er werde noch etwas lesen, früh aufstehen. Sie könne sich auf ihn verlassen, er sei ein guter Wächter, um acht Uhr werde er sie wecken. Dann könnten sie beim Frühstück die Probleme angehen. Jetzt solle sie gut schlafen.
Wieder streicht er leicht über ihre Wange. Vielleicht meint er, sie sei schon eingeschlafen. Mit angehaltenem Atem spürt sie, daß er ein Kreuz auf ihre Stirn zeichnet, sie täuscht sich nicht; dann geht er ganz leise ins andere Zimmer. Sie ist gerührt, weil es liebevoll gemeint ist. Solange sie lächelt, sind die Schmerzen weg.

Sie schläft unruhig.

Sie bewegt sich in ihrem Citroen in der Geografie ihrer Wirklichkeit auf der Straße von Eschen Richtung Bolnau und ist jetzt genau an jener Stelle, an der gleich der Blick auf den See fallen wird. Im Traum ist ihr klar, dieses Bild des Sees seit Zeiten in sich zu tragen. Das Wiedererkennen löst das Glücksgefühl aus: Schräg unter ihr der sattblaue Gebirgssee, dahinter gestaffelt die steil ansteigenden Berge mit ihren Kuppen und Spitzen, den Schluchten und Wasserfällen. Die ziehende Tiefe und Weite, die jede Dimension auflöst, die der Straße und dem Citroen eine absurde Unschärfe gibt, als fahre sie in einen Bilderbogen, erfaßt auch sie im Traum.

Nebelschleier steigen auf über dem sich silbern färbenden Wasser. Der See erstarrt zur Bleischeibe, die Nebel werden dichter, sie muß die Scheinwerfer einschalten. Keine Ufer, keine Berge, sie fährt nicht mehr, sie läuft in dichtem gelblichem Nebel. Langgezogen tönen die Nebelhörner der Schiffe, ihr Weg führt aufwärts. Kalt und schlaff hängt das Gras im Nebel, ist glitschig beim Drauftreten. Sie kann kaum gehen, die Füße sind mit Blasen bedeckt, doch sie muß weiter.

Vor ihr auf dem Weg löst sich eine Silhouet-

te aus dem Nebel, wird größer und größer. Ein seltsames Torkeln liegt in den Bewegungen. Erst als die Gestalt vor ihr stehenbleibt, weiß sie, daß es ein großer Mann sein muß, der in der Hüfte versteift ist. Aus nächster Nähe schreckt sie zurück vor Dieters verwüstetem Gesicht, den bösen Augen. Sie schreit zum ersten Mal in dieser Nacht, schluchzt im Schlaf.
Andres Marchi schaut ins Dunkel, lauscht. Etwas später hört er Zeno japsen. Leise steht er auf, geht zum Sofa. Zeno schaut ihm entgegen, beobachtet ihn.
Sie soll nicht weinen.

Im Halbdunkel weiß er ihre Züge, die kühne Nase, den weichen Mund, die klare Stirn. Er hatte nie geglaubt, daß sie je so stark verletzt werden könnte. Bisher hatte er gemeint, das Leben bringe immer die Aufgaben, die man mit größter Anstrengung gerade noch lösen kann, so lange, bis man eine Stufe weitergelangt ist. Jetzt zweifelt er daran. Das Leben könnte sich irren, eine Aufgabe einmal zu groß sein. Daß er dann da wäre, ihr zu helfen.
Haben nicht gerade starke Menschen oft besondere Schwächen, die zu Angriffsflächen werden?

Wenn sie dermaßen verletzt werden konnte, hat sie eine offene Angriffsfläche gehabt. Daß sie gerettet wurde, deutet wiederum auf ihre besondere Stärke.
Ob sie diesen Beruf gewählt hat, um genau diese Herausforderung zu erleben?
Es darf nicht so sein. Sie ist die Frau, die er liebt, strahlend und tapfer. Er kennt sie, wie er seinen Freund gekannt hat. Sie wird er nicht verlieren.
Er darf sich nicht vorstellen, daß jemand sie vernichten wollte. Eine Frau wie Simone weint im Schlaf. Er hatte gemeint, Ruhe und Gelassenheit gefunden zu haben, jetzt fühlt er Zorn. Er wird ihr beistehen.
Sie verzieht im Schlaf das Gesicht und lächelt. Sie muß seine guten Gedanken gespürt haben. Er geht zurück in sein Bett, in dem das Kopfkissen fehlt.

In seinem Traum reitet sie ein schwarzes, stampfendes Pferd. Sie trägt Rüstung und Schwert, doch keinen Helm, glatt fallen ihr die Haare in den Nacken.
Sie steht vor einer Felswand, einen Arm in der Schlinge, und ist Drachentöter. Niemand darf wissen, daß sie eine Frau ist, sonst wird sie zum Opfer. Der Drache zeigt sich nicht. Die enge Felsenspalte ist der Ein-

gang zu seiner Höhle. Pferd und Hund ertragen den Schwefelgestank nicht. Sie geht allein.
Simone schläft unruhig, träumt die große Höhle im Innern des Bergs, träumt Fenster mit weißen Tüllvorhängen und schweren Portieren. Sie hat sich getäuscht. Der Drache hat sich nicht verkrochen. Ein Schatten fällt in den Eingang. Zeno und das Pferd sind verschwunden, und der Drache, der eine Schlange ist, windet sich mit unheimlicher Geschwindigkeit ins Innere der Höhle, näher und näher. Aus den Köpfen zischt gelber Schwefelatem, deutlich riecht sie Rasierwasser. Als die Schlange sie umschlingt und sich zusammenzieht, durchbohrt sie sie mit dem Schwert. Dreckig spritzt ihr Saft über sie. Der mächtige Leib erschlafft, sie stemmt sich darunter hervor. Wo Spritzer sie getroffen haben, ist ihre Haut verätzt. Ihr Körper ist von Drachenblut gepunktet.
Sie schreit lautlos, das zweite Mal in dieser Nacht.
Zeno erhebt sich, tappt umher, geht zum Sofa, legt seine Schnauze auf ihren Arm. Sie erwacht, denn es schmerzt. Sie schiebt ihn weg, sieht das Licht nebenan, weiß, wo sie ist.
Sie hat Angst, möchte rufen, fragen, ob Mar-

chi wach sei. Sie lauscht, kennt die Geräusche dieses Hauses nicht. Die Ängste des gestrigen Tages fallen vervielfacht auf sie zurück. Sie fühlt Panik aufsteigen, lauscht.
Sie geht zu ihm.
Wie soll das Haus gut sein, wenn sie schlecht träumt? Die Träume dringen durch die Mauern, sind in mir. Der Arm pocht, und die Füße schmerzen. Ich habe geträumt, ich sei mit Drachenblut besprizt worden.
Er hält sie, wärmt sie, wiegt sie leise, murmelt beruhigende Worte. Es ist drei Uhr nachts. Sie liegt an seiner Seite, zusammengerollt, schläft.

Sie träumt die über die Tastatur des schwarzglänzenden Flügels gleitenden Hände, Mondscheinhände im bläulichen Licht, träumt Hände, die sich um einen Hals legen, zudrücken.
Denn der weiße Tüllvorhang, der sich vor der offenstehenden Balkontür bauscht, wird nicht vom Nachtwind bewegt, wird vom Schatten eines Mannes gefüllt, der über den Balkon eingestiegen ist, der lautlos wartet.
Cecile Belletons Katzengesicht ist unter einer schwarzen Spitzenhaube halb zu sehen. Sie trippelt über Kies, trägt sorgfältig

ein in Packpapier eingeschlagenes Bild, steigt Stufen hinauf und betritt das Haus, durchquert den Salon mit dem Flügel, geht eine Wendeltreppe hoch, die in das blaue Zimmer führt, schlägt einen Nagel in die Wand und hängt das Bild vom blauen Gras auf. Ein Tüllvorhang bläht sich, wirbelt zum Fenster hinaus, weht zwischen Wolken. Dieses Bild verdrängt die vorherigen.
Sie erwacht heiter und findet Marchi neben sich im Bett, lange betrachtet sie sein Gesicht und findet es widerstrebend schön im Schlaf, vorbehaltlos gibt es sich preis. Sie erschrickt, weil das Gesicht so klar ist – daß sie einen guten Menschen getroffen hätte.

Sie sitzen einander an einem Frühstückstisch gegenüber. Sonntag morgen. Sie fühlt sich erfrischt, als wäre der gestrige Tag nur ein Traum gewesen, ein schlechter Traum, der Male hinterlassen hat. Die Füße schmerzen, so daß sie heute kaum gehen kann, sie ist eben ungeschickt über Steine gestolpert. Wenn sie den Arm nicht bewegt, spürt sie ihn kaum. Jedenfalls ist alles nicht so schmerzhaft wie in der Erinnerung.

Sie möchte Marchi anlachen. Nach der Nacht in seinem Bett fühlt sie sich belebt. Ein guter Anfang. Und hätte sie in ihm bloß einen Bruder gefunden, den sie sich immer gewünscht hat, der zu ihr hält, ihr den Rücken stärkt, so wäre das schon etwas. Er ist mehr, er liebt sie, vielleicht ist es wahr.
Schräg fällt Morgensonne durch die Zweige des Birnenspaliers in den Raum, auf das Parkett, den buntfarbenen Webteppich. Daß so das Glück wäre.
Aber noch gilt es, das Notwendige zu tun.
Sie hat sich ins Bockshorn jagen lassen, und das nicht erst seit gestern. Wie kommt sie dazu, die Polizei nicht zu benachrichtigen, nur weil sie sich des Erfolgs nicht sicher sein kann, als hätte sie das Wort Meldepflicht nie gehört? Marchis Biografie, Mamas Leben, Pfarrers Ethik in Ehren, doch sie ist Richterin. Sie wird sich nicht nach Irland absetzen und auch nicht in irgendeinem Liebesgärtlein verstecken.
Sie wird jetzt Hubert und Jürg informieren. Gemeinsam werden sie mit Felix reden. Sie werden alle Kontobewegungen der Chemihold zu Verwaltungsbeamten wie auch zu Stiftungen überprüfen, herauszufinden versuchen, wer im Lauf der Unter-

suchung getrickst hat. Sie werden Felix auf den Kopf zusagen, daß er ebenfalls verdächtigt wird.

Sie werden die Presse einschalten, damit nicht weiter gemogelt werden kann. Natürlich sind auch Zeitungsredaktionen käuflich. Doch zumindest zu Anfang werden sie die Öffentlichkeit erreichen.

Etwas anderes ist der doppelte Anschlag auf sie. Die Beweislage ist dürftig. Sie wird trotzdem heute Anzeige erheben. Es wird sich zeigen, was geschieht.

Als Marchi aufsteht, um den Tisch abzuräumen, erhebt sich auch Zeno, geht zur Tür, winselt, muß offensichtlich hinaus.

Im Wandschrank sucht Marchi eine starke Schnur, um Zeno daran festzubinden, denn er will den Hund bloß in dem von der Mauer geschützten kleinen Garten ausführen.

Wie in einem Film rollen die Bilder vor ihr ab.

Sie sieht ihn mit Zeno an der Schnur über die Schwelle der Hintertür in seinen Garten treten. Sie hat den Bauerngarten noch nie betreten und nimmt ihn ganz deutlich wahr, an der Hauswand das Birnenspalier mit reifen gelben Birnen, die geschotterten Wege, die von niederen Buchsbaumhecken

begrenzten Gemüse- und Blumenbeete, die Rosenbäumchen und Beerensträucher.
Sie sieht Marchi in der schon warmen Morgensonne stehen, sie hört zwei gedämpfte Schüsse, hört ihn ihren Namen rufen, Simone, dann noch einen Schuß.
Er stürzt und liegt vor der Tür, Zeno steht hechelnd daneben. Sie läuft und kniet da und sieht sein zerschmettertes Gesicht, sie schreit.
Nein.

Sie reißt die Augen auf, sitzt hier in diesem Pförtnerhaus am Frühstückstisch, Marchi steht erstarrt neben der Zwischentür, läßt das Ende der Schnur fallen, die er Zeno um den Hals gebunden hat. Er ist noch da.
Simone?
Sie zittert. Sie hat seinen Tod erlebt, und er steht lebendig vor ihr.
Weinend ruft sie, geh nicht hinaus, sie wollen dich umbringen.
Er steht neben ihr, legt den Arm um sie, sie klammert sich an ihn. Simone?
Es kann der Schreck von gestern sein. Es kann aber auch eine Vorwegnahme der Wirklichkeit sein, eine Möglichkeit, die man besser nicht erprobt.
Nein, wenn sie es so deutlich gesehen hat,

das Birnenspalier, die Reihen von Karotten und Lauch, den rötlichen Schotter auf den Wegen, dann geht er jetzt nicht mit Zeno nach draußen.
Sie fühlt sich wie ein Stück Holz in seinen Armen.
Mit der zerschundenen rauhen Hand streicht sie behutsam über Marchis Gesicht. Sie schmiegt sich an ihn, sie liebt ihn. Sie leben, sie werden beide nicht umkommen. Sie ist Simone, die Frau mit der Schwertblume. Sie wird sich zu wehren wissen, sie beide werden sich wehren.

Sie sitzen wieder auf dem Sofa, sie mit bequem hochgelagerten Beinen. Diesmal trinken sie Minzentee. Die Fenster bleiben geschlossen, die Türen verriegelt. Zeno kann den Kartoffelkeller zum Pinkeln benutzen, was er vorläufig verweigert. Auf dem Tisch liegt ein geladener, entsicherter Revolver, bei der Zwischentür an der Wand lehnt eine Stechschaufel.
Etwas stimmt nicht. Das Puzzle, das sich im Büro der Cecile Belleton zum Bild gefügt hatte, ist auseinandergebrochen. Irgendein Teil fehlt. Und wenn es mit Marchi zu tun hätte, wenn es längst um mehr ginge als den Fall Mossing?

Sie faßt nach Marchis Hand. Nein, sie läßt sich jetzt nicht verwirren. Sie ist emotional im Gleichgewicht, das gehört zu ihrem Beruf, streßtauglich. Noch einmal geht sie die Fakten durch, wägt die Möglichkeiten ab: Angenommen, sie hätten Marchi als Mitwisser der Südamerika-Geschäfte im Auge behalten, einen unzuverlässigen Zeitgenossen, aus ihrem Blickwinkel gesehen.
Solange er zurückgezogen an seinem Gartenkunst-Buch arbeitete, wären sie sich seiner sicher gewesen. Man hätte ihn in Ruhe gelassen.
Dann aber hatte er sich im Pförtnerhaus einquartiert. Sie hätten befürchtet, er würde über kurz oder lang auf die geheimen Pflanzenversuchsreihen stoßen, wären sich bloß nicht sicher gewesen, wie er reagieren würde. Er könnte schweigen, sei es aus Berechnung, sei es aus Angst; oder er könnte sein Wissen weitergeben: an die Presse oder an die Polizei.
Daß er einen dritten Weg wählen könnte, hätte ihr Vorstellungsvermögen überstiegen. Und so hätten die Leute, die ihn wie dieser Janos Pfeindler beobachteten, sein Zusammentreffen mit ihr falsch interpretiert: Sie wäre seinetwegen an der Vernissage erschienen, er hätte beabsichtigt, die geheime

Versuchsreihe anzuzeigen.
Ihr zweiter Besuch von Schloß Eschen, die Begegnung im Haus von Marchis Eltern hätten den Verdacht bestätigt. Waren sie nicht lange genug unter dem Eingangstor der Gärtnerei gestanden, daß jeder sie beobachten konnte?
Sie ärgert sich über sich selbst: über ihren Leichtsinn, ihre Naivität. Während die anderen längst glaubten, sie werde die Fälle zusammenbringen, die beide auf die Chemihold zurückverwiesen, Mossings Tod, die Versuchsreihen, ist sie einem Hirngespinst nachgejagt: der Idee, Anja Belleton könnte das nächste Opfer sein.
Wie gut der Steinmetz gewählt hat, als er den Narren in das Sims über dem Portal meißelte.
Marchi sagt, die Biologen sind ihre Priester. Wer die Priesterkaste verläßt, ist ein Verräter. Schon die Kirche hat sich nicht mit der Exkommunikation begnügt. Es fanden sich immer Gründe für die Inquisition, die hochnotpeinliche Befragung. Die meisten Ketzerprozesse endeten mit dem Tod.
Sie wundert sich, wie er über geschichtliche Parallelen nachdenken kann, während draußen ein Mörder wartet.

Ob Pfeindler weiß, daß sie hier ist? Vermuten könnte er es. Oder rechnet er damit, daß Marchi allein ist, sich verhält wie an jedem Sonntagmorgen. Wartet er jetzt in seinem Versteck darauf, daß Marchi herauskommt, um die Pflanzen zu gießen.
Marchi meint, Pfeindler werde allein sein, ein Berufskiller handle immer allein.

Das Telefon funktioniert. Simone gibt Janos Pfeindlers ungefähres Signalement durch, seine Personalien, soweit sie diese kennt, er sei bewaffnet und gefährlich, sofort zu verhaften. Er sei der mutmaßliche Mörder von Bernhard Mossing. Jetzt gelte es, einen Anschlag auf Andres Marchi zu verhindern. Sie gibt die genaue Adresse durch, bittet um absolute Funkstille. Der mutmaßliche Täter handle im Auftrag. Später sei eine Großfahndung einzuleiten. Sie wisse nicht, wie lange es daure, ehe Pfeindler die Tür aufbreche. Sie hätten hier bloß einen Revolver und ihren Hund. Sie würden verschanzt bleiben.
Sie weiß, daß sie Pfeindler den Mord und den Anschlag auf ihr Leben erst wird beweisen müssen. Darum wird sie sich später kümmern.
Marchi warnt unterdessen die Sonntags-

equipe im Gutsbetrieb: Sie sollten drinnen bleiben, Türen und Fenster verriegeln, bis die Polizei eintreffe.
Er legt den Hörer auf. Die Realität hat ihn eingeholt. Jetzt, da der Polizeiapparat zu funktionieren beginnt, ist ein gewisser Schutz zu erwarten. Wäre Simone nicht gekommen, er hätte sich nicht darum gekümmert.

Da sitzen sie und warten, lauschen auf Vogelgezwitscher und Kirchenglocken, versuchen sich auszurechnen, ob die Polizei schon in zwanzig Minuten hier sein könnte, sind angespannt, weil die Zeit vergeht und nichts geschieht. Marchi setzt wieder Wasser auf.
Sie erinnert sich an Dieters Gesicht aus ihrem Traum. Was weiß sie schon von ihm?
Sie hätten geglaubt, mit ihr leicht fertig zu werden, sagt Simone unvermittelt, dafür hätte Dieter Brehm sorgen sollen. Mit ihm habe sie bis vor kurzem ein Verhältnis gehabt, genau gesprochen: bis zu jener Vernissage. Noch wisse Dieter Brehm nicht, daß es zu Ende sei.
Marchi pfeift durch die Zähne. Er hätte gemeint, es sei üblich, Berufliches nicht mit Privatem zu vermengen. Wie sich jetzt zeige, keine schlechte Regel.
Später, viel später, Jahre, ein Leben später

wüßte sie, es geht immer wieder ums Loslassen. Daß es darauf ankommt, auf welcher Ebene der Wahrnehmung man einander begegnet. Bei der Liebe ist der Schatten integriert; er ist klein, weil du ihn kennst. Es gibt Beziehungen, da wird der Schatten verdrängt, dann erscheint er überraschend, kann riesengroß und zerstörerisch sein.

Die Zeit vergeht, ihr Anruf liegt mehr als eine halbe Stunde zurück. Die Polizei muß in der Nähe sein.
Sie trinken Kaffee, lauschen nach draußen. Das Sofa haben sie an die Fensterwand geschoben, so daß sie von draußen nicht gleich zu erblicken sind. Nein, Bilder von Gärten mag sie jetzt nicht betrachten, sonst erinnert sie sich später immer an diesen gräßlichen Morgen, wenn sie nur das Bild eines Blumenbeets sieht.
Sie warten, es kann noch eine Minute dauern oder zwei, vielleicht eine Stunde, nervenaufreibend. Zeno sitzt neben der Tür, aufmerksam, aber ruhig.
Sie versucht, an nichts zu denken, weiß, sie kann von hier aus ohnehin nichts unternehmen, der Fall läuft ordnungsgemäß, liegt jetzt beim Pikettoffizier, das muß heute Jürg sein. Er wird einen Untersuchungsrichter

beigezogen haben, vielleicht Felix.
Marchi beschließt, eine Suppe aufzusetzen und beginnt mit dem Gemüseputzen. Sobald er nach draußen gehen kann, wird er noch Sellerie und Karotten holen. Die Pflanzen wird er erst gegen Abend wässern.
Sie döst, ist müde, wartet, sieht ab und zu auf die Uhr, deren Zeiger langsam vorrücken.

Um elf Uhr ruft sie die Zentrale wieder an, was los sei, sie seien von allem abgeschlossen. Steffi hat Dienst, ist besorgt, mitfühlend, neugierig. Der Einsatz laufe, sie werde versuchen, mit der Einsatzleitung Kontakt aufzunehmen.
Noch immer sind sie leise, lauschen sie, wissen beide, daß ihre Gewißheit auf einer Projektion beruht.
Doch zweifeln sie keinen Augenblick daran, daß wahr ist, was Simone gesehen hat.
Endlich, um halb zwölf, fährt ein Auto vor, Zeno bellt, Türen schlagen, Sutter ruft vor der Tür, er sei es, klingelt und klopft, sie könnten öffnen.
Sutters offenes Gesicht zeigt fassungslose Überraschung bei ihrem Anblick. Frau Wander, er ergreift erschrocken mit beiden Händen ihre Hand, wie sehen Sie aus, Sie sind ja verletzt.

Sie hatte ihr geschwollenes, zerschundenes Gesicht, den Arm in der Schlinge schon fast vergessen. Im Tageslicht muß es schlimmer wirken als gestern nacht.
Man habe versucht, sie umzubringen, sie hätte sich durchs Ufergebüsch durchschlagen müssen.
Wie lange es dauern wird, bis ihre Lüge vom Hundesport aufgedeckt ist? Sie wird dazu stehen müssen. Die Polizeibeamten schickt man aus, Asylanten aufzustöbern, ihnen spricht man das persönliche Gewissen ab, sie halten sich an das Gesetz, und jetzt kommt sie, gerät ein einziges Mal in eine mißliche Situation, läßt die Asylanten entwischen und deckt die Schlepper, so sind eben die Frauen. Ob Sutter und die anderen von ihr enttäuscht sein werden? Ihr Vertrauen hat sie ebensowenig verdient wie ihre Zuneigung.
Vorläufig hat er Mitgefühl mit ihr, wirft gleichzeitig über ihre Schulter einen geübten Blick in die Wohnung, registriert den Revolver und die Stechschaufel, mißt Marchi von oben bis unten, den hat er noch nie gesehen, das geht blitzschnell.
Sie hätten diesen Pfeindler aus der Jauchegrube des Gutsbetriebs gezogen. Mit Hakenstangen und Seilen hätten sie ihn her-

aufgeholt, mausetot. Man wisse noch nicht, weshalb die Grube nicht abgedeckt gewesen sei.

7

Du irrst dich, meine Liebe, wenn du meinst, damit durchzukommen. Sie glaubt, Dieters Stimme zu hören, es läuft ihr kalt den Rücken herunter.
Sie denkt, es ist umgekehrt, Dieter, du bist es, der sich geirrt hat. Du bist gescheitert, selbst wenn du es nie einsehen wirst.
Sie ist in ihrem Büro im sonntagsstillen Amtsgebäude. Die letzten Sonnenstrahlen fallen in den Hof, die Blätter des Baums stehen dunkel gegen das Licht.
Sie sitzt auf dem Besucherstuhl, den sie in den schmalen Raum zwischen Pflanzentrog und Wand gestellt hat, so daß sie vom Zimmer aus hinter ihrem buschigen Urwaldgewächs nicht zu sehen ist.
Sie blickt zum Fenster hinaus in den Baum und wartet. Sie hat darauf verzichtet, einen Zeugen mitzunehmen. Sie hat auch kein Tonbandgerät eingestellt, niemand wird mithören. Es geht ihr noch immer nicht darum, jemanden zu überführen. Sie möchte bloß die Dinge richtigstellen.

Nach dem gestrigen und dem heutigen Tag ist es fast unwirklich, da zu sitzen, nichts zu tun.
Daheim in ihrer Wohnung erwartet Marchi ihren Anruf, er wird sie abholen. Er ist zwar um sie besorgt gewesen, sie sehe aus, als werde sie gleich umkippen, doch hat er nicht versucht, ihr das Vorhaben auszureden. Vielleicht hat sie sich einen liebenden Mann etwas fürsorglicher vorgestellt.
Bis zum Postgebäude an der Ecke ist sie mit einer Taxe gefahren, hat nicht vorausgesehen, daß die paar Schritte zum Amtshaus so schmerzhaft sein könnten.
Die Zentrale ist besetzt. Der Alarmschalter steckt griffbereit in ihrer Jackentasche.

Sie hat es noch nicht richtig begriffen: Felix Siegenthaler ist tot, er, dem sie in Gedanken soviel Schlechtes zugetraut hat.
Nach stundenlangen Protokollaufnahmen waren sie in Marchis grauem Auto zu ihr nach Hause gefahren. Sie war erschöpft gewesen, hatte sich gezwungen, etwas zu essen. Sie hatte nichts dagegen gehabt, daß Marchi die Brote strich.
Dann hatte sie endlich ein Bad genommen, dem sie eine Kapsel Orangenblütenöl zugab, war im leuchtend rotgoldenen, weichen

Wasser gesessen, hatte gehofft, es werde helfen, daß die brennenden Schrammen und Blasen schneller heilten. Die Schußwunde hatte sie mit einem breiten Plastikverband abgedeckt.
Sie hatte sich die Haare schamponiert, Schaum türmte sich auf ihrem Kopf, fiel in schäumenden Flocken herab, tropfte zu schwimmenden, schmelzenden Inseln, die sich träge auf dem goldenen See vereinten.
Aus ihrem Wohnzimmer erklang eines ihrer Lieblingslieder, Kate Bushs «Wuthering Heights», das sie aufgelegt hatte, um ihr Plätschern zu übertönen. Marchi saß dort auf dem Ledersessel, trank Himbeersirup, las eine Zeitung.
Sie nimmt an, daß er jetzt noch immer dort sitzen wird, vielleicht ein Buch aus dem Regal genommen hat.

Ihr Fall liegt seit heute in Jürgs Händen.
Trocken hatte er gemeint, bevor sie ins Hotel Sternberg gingen wie die Elefanten in einen Porzellanladen, würden sie das Seeufer nach Spuren absuchen. Vielleicht könne man ihren Absturz rekonstruieren, finde sonst etwas, das weiterhelfe.
Er bezweifle ihre Angaben nicht, aber die Kombination sei abenteuerlich. Gegen ei-

ne Frau wie Cecile Belleton werde er erst mit belastenden Kontoauszügen und einer lückenlosen Beweiskette in der Hand antreten.

Die Schauminseln waren zu einer rahmfarbenen Decke verflossen, sie hatte sich darunter in dem warmen Wasser gedehnt, hatte vor sich hin geträumt, wie aus dem Schaumbad die Felswand aufstieg, Wuthering Heights, oben das Sternberg, wie Dohlen darüber kreisten, ein Schwarm kreischender, schreiender Bergdohlen, wie die niedlichen Ratten aus dem Lied die teppichbelegten Treppen hochzulaufen begannen, durch Gänge in die Zimmer wischten, sie hatte sie pfeifen gehört.

Sie sitzt auf ihrem Stuhl hinter dem Pflanzentrog in der allmählich aufsteigenden Dämmerung, bewegt langsam den Kopf, wie sie es in ihrem Bad getan hat, als sie den Schaum ausspülte und gleichzeitig unterwegs war auf der Fahrt zum Hotel Sternberg.
Sie hatte zunächst nicht gewußt, wer am Steuer des Autos saß, das jetzt in die langgezogene Kurve fuhr. Wie die Lochstreifen eines Films glitten ihr die weißen Striche des

Mittelstreifens entgegen, dann fiel der Blick auf den See.

Sie hatte die in der Sonne leuchtende, rotgoldene Fläche des Sees gesehen, die weißen Tupfer, die die Segel der Sonntagsboote waren, die wie Flocken aus Schaum auf dem Wasser schaukelten.

Sie wußte gleichzeitig, daß sie eigentlich im Bad saß, und daß es Felix Siegenthaler war, der das Auto in Richtung Sternberg fuhr.

Um das Sternberg aber kreisten die schwarzen Dohlen.

Er war zu nah gekommen, hatte sich verbrannt, wurde verbrannt in ihrem Citroen, den sie aus der Garage holten, es ginge in einem, den Wagen und diesen Schnüffler loszuwerden. Sie hatten ihn ins Auto gesetzt, da war er schon tot, den Wagen zur Felswand geschoben, säuberlich auf dem asphaltierten Weg, Benzin hineingegossen, ihn angezündet, es brennend im letzten Moment über die Biegung hinausgestoßen – da würde es keine Spuren zu sichern geben.

Sie hatten ihn erwischt, als er hinter der hellblauen Portiere stand statt im Zimmer der Verlobten. Er hatte sich eingeschlichen, hatte gelauscht, hatte das Falsche mit angehört.

Was sie sagten, war ungeheuerlich, und weil er wußte, daß es die Wahrheit war, hatte seine Angst ihn verraten, war durch den schweren Stoff ins Zimmer gedrungen, hatte Cecile Belleton umkreist, Anja, Rengg.
Dann war es schnell gegangen. Felix hatte gar nicht versucht, um sein Leben zu kämpfen. Er hatte schon in dem Augenblick aufgegeben, als er die Tragweite der Vorgänge begriff.
Vielleicht war es die Mutter, vielleicht die Tochter gewesen, die ihm die Kordel der Portiere als Schlinge um den Hals legte: einem, der es gewagt hatte, den zugewiesenen Part nicht zu Ende zu spielen, der versucht hatte, die Mächtigen in die Schranken zu verweisen.

Vom Polizeiboot aus hatten sie das Auto brennend über die Felswand schießen und in den See stürzen sehen. Die folgende Woge hatte das Boot gehoben und krachend wieder aufs Wasser gesetzt. Der See war hier nicht sehr tief, das Auto war nicht explodiert. Felix hatten sie wenig später geborgen.
Sie pfeift auf eine Intuition, die zu spät kommt, die nichts mehr verhindern kann. Vor allem pfeift sie auf ihre Menschenkennt-

nis. Sie hat Felix Unrecht getan, den Entscheid, den Fall selber zu übernehmen, mißverstanden; sie hat ihn falsch eingeschätzt, es ist nicht wiedergutzumachen.
Das Bild der weißen Frau nackt im blauen Gras vor Augen, hat sie die Wirklichkeit falsch interpretiert.
Sie hat sich täuschen lassen, ist einem Vorurteil aufgesessen, dem Vorurteil von der zarten Frau als Opfer.

Marchi hatte an die Tür geklopft und gefragt, ob sie im Bad eingeschlafen sei. Mit einem Ruck war sie zu sich gekommen. Noch war der Tag nicht zu Ende. Sie hatte Dieter aus den Augen gelassen, die Unterlagen in ihrem Büro. Ihre Akten waren nicht sicher. So viele Schnellhefter sind es nun auch wieder nicht, als daß das Gesuchte nicht bald gefunden wäre.
Der Baum steht jetzt dunkel vor dem hellen Himmel, sie sitzt in der Dämmerung.
Sie hatte sich beeilt, beim Schminken hatte sie die dunklen Abschürfungen im Gesicht dick überpudert, hatte sich elegant angezogen. Rock mit abgestimmtem Oberteil, kurzer Jacke und geblümtem Foulard. Sie war sich sicher gewesen, Dieter zu treffen, war es noch.

Sie war zum Weggehen bereit, als Jürg anrief. Felix sei tot. Sie hätten im Hotel Sternberg Viktor Rengg und die Belletons verhaftet. Er rechne damit, sie zu überführen.
Sie hatte ihm nicht gesagt, daß sie in ihr Büro fahren würde. Seit gestern mißtraute sie dem Telefon.

Der Schlüssel wird leise von außen ins Schloß gesteckt. Dieter kommt spät. Wahrscheinlich hat er bis jetzt das Büro von Felix durchsucht.
Als er hereinkommt, die Tür hinter sich abschließt, das Licht nicht anknipst, weiß sie plötzlich nicht mehr, warum sie hier gewartet hat und vor allem nicht, warum sie keinen Zeugen mitgebracht hat. Sie tastet nach dem Alarmschalter in ihrer Jackentasche. Sie wird die Hand unter keinen Umständen aus der Tasche nehmen, und sie wird Dieter nicht an sich herankommen lassen.
Sie sieht seinen Schatten durch die Blätter. Jetzt setzt er sich rittlings auf den Gesundheitsstuhl an ihren Computer. Er wird nichts finden, aber er soll auch nicht die gespeicherten Dokumente löschen. Er schaltet den Computer ein.
Sie fragt sich, ob sie täte, was sie tut, wenn ihr die Gründe klar wären.

Dieter trägt seine schweinsledernen Golfhandschuhe. Sie läßt schweigend zu, daß er den Speicher des Computers leert, das dauert gar nicht so lange.
Er steht auf. Sie macht sich klein auf ihrem Stuhl, sieht ihn Schranktüren öffnen, er hat offensichtlich einen Paßschlüssel, sieht, wie er findet, was er sucht: Schnellhefter um Schnellhefter, nicht bloß den einen blauen legt er auf ihr Pult. Einmal erblickt sie recht nah seine hellen, weichen Schuhe.
Offensichtlich hat er keinerlei Skrupel, fühlt sich berechtigt, das zu tun, was er tut. Woher er seine dem Gesetz übergeordneten Maßstäbe nimmt?
Sie hatte gemeint, etwas berichtigen zu müssen. Sie will es nicht mehr. Wie soll sie mit jemandem rechten, der eine so offensichtlich andere Sichtweise hat.
Richten und berichtigen, rechtfertigen und Recht. Worthülsen im abenddunkeln Raum. Was soll sie ihn aufhalten, wozu ihn überführen?
Einmal ist sie ihm nahegestanden.
Man wird den Einbruch in ihrem Büro feststellen, den gelöschten Festplattenspeicher, die fehlenden Akten. Wird sie sagen, sie hätte zugesehen?
Ist sie benommen vom gestrigen Sturz? Die-

ter kann ihr in dieser Situation gefährlich werden. Mucksstill verhält sie sich hinter ihrem Riesengewächs. Er könnte jetzt irgendein fremder Eindringling sein. Er soll endlich verschwinden, die Tür wieder hinter sich schließen.

Beim harten Klopfen an der Tür schrecken beide zusammen. Marchi hat ihre Kollegen alarmiert, er und Jürg, Sutter und Root sind da. Der Mann, den sie liebt, hat sich eingemischt. Sie wird künftig achtgeben müssen.
Mit Marchi heimzugehen und Zeno zu füttern.
Zu schlafen.
Nicht abzureisen wie vorgesehen. Erst muß sie Jürg helfen, den Fall Chemihold/Mossing/Siegenthaler zu ordnen. Das wird Monate dauern. Irland als Traum stehenzulassen, als Möglichkeit einer anderen Welt, vielleicht als Traumland in der Seele zu verschließen. Sie wird mit Marchi unter dem schwebenden Meerweibchen stehen, darauf freut sie sich.
Auch Mutter wird sie wieder einmal anrufen.

Ganz deutlich sein Blinzeln, es ist nicht bloß eine Frage des Lichteinfalls auf dem körni-

gen Stein. Natürlich meint er sie, hat auf sie gewartet, ihretwegen streckt er die breite Zunge.
Justitia, die mit offenen Augen der Waage einen kleinen Stoß gibt.
Sein Grinsen geht über in helles Gelächter.

Verlag Nagel & Kimche

Lukas Hartmann · Die Seuche
Roman
ISBN 3-312-00182-X
216 S., geb.

Ein Roman über den großen Pestzug, der zu Beginn des 14. Jahrhunderts ganze Landstriche entvölkerte. Doch wäre dieses Buch nicht denkbar ohne die erschreckende Anschauung der Gegenwart. Auf diese Dimension weisen sparsame Gegenwartseinschübe hin, die den kraftvollen Erzählfluß durchbrechen.
„Ein großes, ein hinreißendes Buch."
(DER BUND)

N&K

Verlag Nagel & Kimche

Eveline Hasler · Die Wachsflügelfrau
Geschichte der Emily Kempin-Spyri
Roman
ISBN 3-312-00175-7
336 S., geb.

„Eine wissenschaftliche Untersuchung, auch die beste, vermittelt mir Fakten. Ein Roman von Eveline Hasler entfaltet noch einmal das Leben in seiner ganzen Fülle, läßt mich die Not der Menschen fühlen, ihre Hoffnungen hoffen und ihre Tränen weinen – eine Leistung, die der Roman und nur er zu erbringen imstande ist."
(Klara Obermüller in DIE WELTWOCHE)

Verlag Nagel & Kimche

Hannelies Taschau · Dritte Verführung
Roman
ISBN 3-312-00183-8
264 S., geb.

„Erste Verführung: zu leben. Zweite Verführung: zu lieben. Dritte Verführung: zu töten." Christina Wasa, Königin von Schweden
„In faszinierender Manier schafft es Hannelies Taschau, Irrationalität, Irritationen und Geheimnisvolles menschlicher Beziehungen darzustellen. Subtil, literarisch eindrucksvoll, beschreibt sie, wie es zur „Dritten Verführung" kommen kann."
(WESTDEUTSCHE ALLGEMEINE)

N&K

Verlag Nagel & Kimche

Uta-Maria Heim · Die Widersacherin

Roman
ISBN 3-312-00190-0
200 S., geb.

Anna hat nach dem Studium eine Marktlücke entdeckt: In ihrer modisch gestylten Wohnung entwirft sie als Freizeitberaterin Wochenendprogramme für Anspruchsvolle. Ein Roman voll urbaner Pfiffigkeit und unsentimentaler Poesie. Er erzählt von der Suche nach einer Lebensmöglichkeit zwischen Zynismus und Naivität, zwischen Mittun und Abgetanwerden.

N&K